記憶喪失の俺には、
二人カノジョが
いるらしい
［著］御宮ゆう
Yu Omiya
［イラスト］たん旦
Tantan

後輩担当彼女
笛《ふえ》乃《の》ひな
依存度高めで頻繁にラインを送ってくる。
ライトオタクで、俺のことを推している。俺の彼女、らしい。
幼馴染担当彼女
湊《みなと》明日香《あすか》
家事スキル全般が高く、退院後の面倒を見てくれている。
俺とは幼稚園から同じ幼馴染で、俺の彼女、らしい。

クラス担当彼女
有《あり》栖《す》川《がわ》紗《さ》季《き》
インスタで25万フォロワーを
誇るいわゆるインフルエンサー。
同じクラスの隣の席で、俺の
彼女、らしい。

「勇紀君、なんで今日遅れたの？
しっかり朝ご飯食べたいタイプ？」

「先輩を一番推してるのは私なので……
私は無条件に先輩の味方ですからっ」

CONTENTS

Asuka Minato

Saki Arisugawa

Hina Fueno

記憶喪失の俺には、三人カノジョがいるらしい

御宮ゆう

MF文庫J

口絵・本文イラスト●たん旦

プロローグ

意識が飛んだ。

それを自覚できたのは、いつもの夢を見たからだ。

暗闇に支配される海の中で、水面に煌《きら》めく光を求めて上へ泳ぎ続ける、そんな夢。

あの光を掴《つか》まなければ、きっと自分は自分でなくなる。

根源的な恐怖にとらわれながら、必死に両手で重たい海水を掻《か》き分《わ》ける。

いつもの夢ならここで覚める。

だがどうも今回の夢は違うらしい。

まず、身体《からだ》が動かない。

静止した身体はどんどん深く沈んでいき、それに伴い水面から反射する光は薄く、淡くなっていく。

水面が遠くなる。

視界が暗くなる。

そしてついに光が消える。
——瞬間、頭に弾《はじ》ける感覚があった。
トラックの顔が迫り来る光景が、やけにリアルな映像となって頭に流れ始める。
頭を貫くような痛みを思い出し、ようやく状況を理解した。
……ああ、死ぬんだな。
意識が飛んでどれ程の時間が経《た》ったか判《わか》らない。
自分は一体何をしようとしていたのか。
自分は一体誰に会おうとしていたのか。
それらを想起しようとして、すぐに思考を放棄した。
これから消えゆく思考に一体何の意味がある。
捻《ひね》くれた自らの思考を自覚して、一つだけ確信した。
自分は〝自分〟が消えることを、大して哀《かな》しく思っていない。
良かった。
それなら安心して消えられる。
もう黒々とした周りが海中なのか瞼《まぶた》の裏かさえも判らない。
暗い。
冷たい。

だけどちょっとは暖かい。
沈み続けた自分は、やがてゆっくり霧散した。

一話　記憶喪失

目が覚めると病院だった。

まるで理解が追いつかないが、目が覚めると白い天井が現れたのだ。

左手を翳《かざ》して眺めてみると、ぼんやりしていた視界が段々明瞭になっていく。

……自分がこの状態になってから、どれくらいの時間が経《た》っているんだろう。

頭の中で病院という単語がぐるぐる回っている。

起き上がらないまま、真っ白な天井と睨《にら》めっこして数十秒。

不意に右脚の太ももあたりに負荷を感じた。

サッと背筋が凍る。

混乱しているのか、今まで自分が何をしていたのか覚えていない。

そんな状況下で右太ももにのし掛かる負荷に、吐きそうなほど緊張してしまう。

自覚するのが怖かった。上体を起こして、今一度違和感の正体を確認するのが怖かった。

……もし、足が動かなかったら。

もし、少しでも動かしづらくなっていたら。

この状況から考慮して、十二分にあり得る話だ。

ギュッと唇を噛《か》み締《し》め、意を決して勢いよく上体を起こす。


――女がいた。


女？

女が、自分の太ももにうつ伏せになっている。

「……あの、大丈夫すか」

明らかにこちらの方が大丈夫じゃないはずなのに、自然とそんな言葉が口をついて出た。

背中まで掛かったライトゴールドの長髪が、太陽の光を反射する。

手入れの行き届いた髪だ。

それが規則正しい動きで、静かに上下している。

耳を澄ませばスゥスゥという寝息も聞こえてくる。

どうやらうつ伏せになっている女は、人様の太ももを枕にして熟睡しているらしい。

顔は見えないので誰かまでは判別つかないものの、状況から察するにずっと自分を看病してくれた人のようだ。

とはいえ、患者の太ももを枕にするのは如何《いか》がなものか。

「あの、もしもし」

彼女の左腕を、ツンと指で突《つつ》く。

起きない。

もう一度突いてみる。

起きない。

今度は「もしもーし」と言いながら、身体《からだ》を揺らした。

こんな状況下でも、男よりも柔らかい感触は変わらない。

ピクリと女の身体が動いた。

「むぁ!?」

こちらもびっくりするくらいの勢いで、女子が顔を上げた。

大きな碧色《へきしよく》の瞳に、高い鼻筋。

小さく纏《まと》まった桜色の唇からは、熟睡の影響からか透明の液体が垂れている。

顔付きから推察するに、同じ年くらいか。

彼女の視線がグリンッとこちらへ向けられると、数秒の沈黙が降りた。

「………うぇえ!? いつ起きたの!? どんなタイミングで起きたの!? なんで私が寝てる時に起きたの!?」

目が合って早々に捲《まく》し立《た》てられて、思わず顔を逸《そ》らした。

大きい声は寝起きの人間にとって些《いささ》か耳馴染《なじ》みが悪い。

この病室には自分と彼女以外の人間はいないようだったが、それを踏まえてももう少しボリュームを抑えて喋《しゃべ》ってほしい。

というより、内容が些か失礼な気がする。

「随分なご挨拶だな。いつ起きようが自由だろ」

そう答えると、彼女は目をパチクリさせた。

「あんた、どうしたの？　外傷なしって聞いてたけど、やっぱり頭打ってたってこと？」

「へ？」

「だって、最近口利いてなかったのに」

……そうなのか。

状況から察するに、この可愛《かわい》い顔立ちの女の子は寝落ちしてしまうほど自分のお見舞いに時間を費やしてくれていた。

つまり、自分とかなり親しい仲だ。

そんな人と口も利いていない時間があったなんて、一体全体どういうことだ。

混乱した頭でも、彼女の可愛さは微動だにしない。可愛いは不変。

男子の中で可愛い容姿は、それほど確固たる地位を築き上げるもの。

その存在と口を利かないなんて、自分は鉄の心でも持っているのだろうか。

でも確かに、彼女を見ても邪《よこしま》な感情は刺激されていない。

それどころか、これは――

「……なあ。その最近っていうのは、いつ頃からだ？」

「え？　……数ヶ月《かげつ》くらいかな。高二に上がってからなんて、殆《ほとん》ど喋ってなかったかも。

……忘れたなんて言わせないわよ？」

「忘れた」

「おい！」

「いや、違うんだ」

噛《か》みつきそうな彼女を慌てて手で制止する。

その仕草に違和感を覚えたのか、彼女は怪訝《けげん》な表情を浮かべた。

「……大丈夫？　とりあえず、そう。お医者さん呼ばなきゃね」

彼女は思い出したかのように言って、腰を上げた。

こちらを通り越して、ナースコールのボタンを押す音が後ろから聞こえる。

「呼んだ。すぐに来てくれると思うけど――」

「誰だ」

「え？」

「誰だ、お前」

口から出た言葉は、色を帯びていなかった。

何の感情も込もっていない。何の感情も込められない。

抑揚のない問い掛けに、彼女は唇を震わせる。

「あんた、何を言って――」


「誰だ、俺」

瞬間、ガラリと扉が開く。

知らない人の人生が始まる音が、頭の中で鳴り響いた。

◇◆

「診断の結果だが、真田《さなだ》君は系統的健忘である可能性が高いね」

「はあ」

他人のような自分の名前に、とりあえず反応する。

カウンセリング中に分かったことだが、真田勇紀《ゆうき》というのが自分の名前らしい。

鏡を見せてもらったが、自分の顔にさえ覚えはない。

初見の時は〝これが普通なのかな〟という、第三者目線の感想になった。ただこの顔が自分だという自覚は早くも既に芽生え始めているので、何とも奇妙な感覚だ。

「平たくいえば、記憶喪失。これには数種類あって、中には今までの人生を全て忘れてしまうものもある。真田君の場合、辛うじてそういった重い類《たぐい》ではない」

自分の名前や顔すらも覚えていなかったのに、重くないのか。

その事に驚いていると、医者はポケットからスマホを取り出した。

「これが何か判《わか》るかい？　用途は？」

「スマホですね。携帯とか、パソコンみたいな使い方」

「そうだ。今のやり取りから分かるように、真田君は自身の生活に関わる知識は覚えている。3×6は？」

「9です」

「……」

「……18です」

「そうだ。君、暫《しばら》くそういうのは紛らわしいから控えなさい」

「すいません」

死にたくなるくらい冷ややかな目に、俺は視線を横に逃した。

医者が言うにはこうだ。

俺が忘れ去ってしまったのは、人間関係。

親や友達、直接関わったことのある人間の記憶は全て忘却の彼方《かなた》らしい。

それは勿論《もちろん》、先ほどお見舞いしてくれていた女子も例外ではない。

あの哀《かな》しそうな顔を見ると、何だか少し胸が痛んだ。

「先生。俺、今待ってる子が哀しそうにしてた時……ちょっとだけ哀しかったんです。これって、記憶喪失を越えた絆《きずな》、みたいなものがあるんですかね」

「ない」

「ないんだ!?」

肯定されることを前提に話を進めようとしていたので、俺は驚いて仰《の》け反《ぞ》った。

医者の隣にいる看護師さんが「ちょっと先生」と咎《とが》めるような声を出す。

しかし医者は、悪びれる素振りも見せずに続けた。

「すまない、断言するには尚早だった。ただ、それは恐らく君元来の優しさだよ。赤の他人が泣いても心を痛めてしまう、優しい在り方なのが君だった。それだけだ」

「おお……そっちの方がなんか嬉《うれ》しい気がする」

俺の返答にわざとらしい意図を感じてくれたのか、看護師さんはクスリと笑って、すぐに口を閉ざした。

どうやら笑ってはいけないと遠慮されているらしい。

……当然だ、目の前にいるのは記憶喪失の高校生なのだから。

「いいっすよ、笑ってくれて。俺もそっちのが楽なんで」

目覚めてこの方、喋《しゃべ》る人全員に気遣われている。

身体《からだ》に負傷があるなら然《しか》るべきだが、幸い肉体は健康だ。

人に気遣われたくないというこの気持ちは、俺の性分か。

「……強いね、真田《さなだ》君は。それも元来の強さなのかな」

「だと思いますよ。正直、なんか楽しいですもん。これから色んな初めてがあるってことでしょ？」

看護師に向かって、ニッと口角を上げてみせる。

気遣われるのが申し訳ないのか、無意識に強がっているのか、それとも本心から湧き出る言葉なのか。

視線を戻すと医者は何か言いたげに口を動かしたが、出たのは吐息一つだけだった。

「……よろしい。後はこれからのことを話して、今日は一旦病室へ戻ろうか」

「うぃーす」

軽い返事を口から出す。

自分が何者か分からない。

当初乱れていた感情は、少しずつ落ち着いてきている。

……こんなに特殊な現実なのにな。

人間、意外とどんな環境にも慣れてしまうものらしい。

◇◆

看護師に付き添われながら病室の扉を開けると、先程お見舞いに来てくれていた女子が振り向いた。

俺の姿を視認して、碧色《へきしょく》の瞳が揺れ動く。

「……あっ」

女子は小さく口を開けて、声を漏らした。

そして視線を床へ落として、おもむろに近付いてくる。

隣に佇《たたず》む看護師が呟《つぶや》いた。

「戻るね」

「え？」

「二人で話したいこともあるだろうし。幸い今の君の身体《からだ》は、殆《ほとん》ど健康そのものだから」

そう言って、本当に看護師は廊下へ歩いて行ってしまった。

職務放棄と紙一重の気遣いである。

「ねえ」

「ん」

振り返ると、ライトゴールドの髪が顎付近にまで接近していた。

至近距離で見る彼女の瞳は人工的なまでに輝いており、同年代からの良い扱いが予想できる。

「私のこと、ほんとに覚えてないの？」

「うん。ごめんな」

「……そう」

女子の視線は、現実がまだ受け入れ難《がた》いというように床に落ちたままだ。

「ほんとに、全く？」

「全然、一切、綺麗《きれい》にぽーん」

「……さっきから軽い！」

女子が眉を顰《ひそ》めてこちらを見上げた。

彼女の瞳には涙が溜《た》まっていて、俺は慌ててかぶりを振った。

「いや、ごめん。あんたを忘れたことへの罪悪感がない訳じゃないんだ。ただ開き直らないと、やってらんないだけで」

「……っ。そうよね。ごめん」

女子はまた哀《かな》しげな表情を浮かべて、項垂《うなだ》れた。

その拍子に透明な雫《しずく》が一滴落ちる。

ズキン。

——医者曰《いわ》く。

この胸の痛みは恐らく元来の俺に備わった感情であり、その人個人への感情とは無関係。

……だけど。

「あのさ、元気出してくれよ。あんたにそんなに哀しい顔されたら、俺の胸が痛むんだ」

「え？」

「だから、哀しまないでくれ。あんたが哀しんだら、俺も辛《つら》い」

この子に少しでも元気が出る嘘《うそ》なら、誰からも咎《とが》められることはないだろう。

「……勇紀《ゆうき》」

女子は顔を上げて、ぎゅっと唇を結んだ。

そして何度か目を瞬《まばた》かせて、目に溜《た》まった雫を袖でグイッと拭い去る。

露《あら》わになった瞳には、力強い光が灯《とも》っていた。

「私は湊明日香《みなとあすか》。勇紀、あんたと同じ十六歳で遊崎《ゆうざき》高校の二年生」

「そうか。名前は湊さんか」

答えると、湊明日香は目を瞬かせる。

そしてフルフルとかぶりを振った。

「……さん付けはやめて」

「ご、ごめん──今までは湊って呼び捨てしてたか？　俺たち、どんな関係だったんだ」

「まあ、そこからよね。私たちは幼馴染《おさななじみ》よ」

幼馴染。

幼い頃からの友達関係。

──だからお見舞いに来てくれたのか。

「……まじか。じゃあやっぱり長い付き合い、なのか」

「それだけじゃないわ」

湊明日香は大きく一つ、息を吐く。

まるで、何かを覚悟するような息だった。

彼女が息を吐くたびに、自分の記憶を失った実感が湧いてくる。

十六年。

十六年という積み上げてきた人との時間が、頭の中から消え失《う》せた。

きっとこれから、自分を原因とした憂う顔を幾度となく見ることになる。

真田《さなだ》勇紀という人物がこれまでの人生で人間関係を積み上げていれば積み上げているほ

ど、この時間は長くなる。

でも不思議と、それを憂う気持ちは殆《ほとん》ど湧いてこなかった。

俺が思考を巡らせている間、湊明日香《みなとあすか》は喋《しゃべ》らない。

重苦しい言葉を吐くか逡巡《しゅんじゅん》しているのか。

数秒後、彼女は嘆息してからこちらを見上げた。

「私はあんたの――彼女です」

「…………彼女？」

一瞬、思考が停止する。

目の前にいる湊明日香の顔が一瞬ボヤけて、すぐに明瞭な顔になる。

思考が繋《つな》がった俺は、慌てて返事をした。

「って、恋人のことか!?　あ、じゃあ口利いてなかったってことは――」

「うん、喧嘩《けんか》してたのよ。でももうそれどころじゃないし。勇紀《ゆうき》が病院に運ばれたことを知った時は頭が真っ白になって、これまでのことなんて全部吹っ飛んだ」

「そ――そうだったんだ。それは……尚更《なおさら》申し訳ないな」

吹っ飛んだのは俺の記憶もだ、なんて軽口はとてもじゃないが叩《たた》けなかった。

恋人という関係性において、彼氏の記憶が無くなるなんて辛《つら》いに決まっている。

たとえ喧嘩で口を利いていなかったとしても、こうしてお見舞いに来てくれるのがそれを証明している。彼女の表情を見るにまだ軽口を叩けるような時ではない。

いつかはその時が来るのだろうか。

かつてあったはずの、日常の色が戻る日。

十六年分の厚みが戻る日が。

日常がどんなものだったかすら、俺には思い出せないというのに。

「うん。私も後で看護師さんに説明聞いてくるから、あんたの力になれるように頑張る。暫《しばら》く身の回りのことは任せてよ」

「身の回りって？」

「ご飯とか、あとはお風呂とか？」

「いやいや、それは」

この通り身体《からだ》はピンピンしているのだから、彼女といえどそこまで世話になる訳にはいかない。

「そういうのは大丈夫だよ。スマホの操作とか、そういう生活面の知識は残ってるんだ。帰る家もあるんだし、湊にそこまで世話してもらわなくても大丈夫」

言葉を並べながら、少し違和感があった。

その正体を突き止める前に、明日香が俺の鎖骨にそっと触れる。

「いいから、私がしてあげたいの。……あと、私のことは明日香って呼んで」

「え？」

「私、あんたの彼女なのよ。下の名前で呼ぶのが普通よ」

「そう、か。……じゃあ明日香《あすか》。質問していいか？」

「なに？　なんでも訊《き》いて」

明日香は視線を上げて、口元を緩めた。ホッとするような、柔和な笑みだった。

胸が溶かされ、絆《ほだ》されていく感覚。

現時点で訊きたいことは一つだけ。

明日香が彼女となると、今までの関係性をしっかり把握しておきたい。

記憶喪失が判明してから間もないが、そういうところにまで気が回るあたり、自分が受けたショックというのはそれほど深刻ではないのかもしれない。

俺はゴホンと咳払《せきばら》いして、口を開いた。

「俺たち、なんで喧嘩《けんか》してたんだ？」

「……それは」

明日香の顔が曇る。

たとえショックで喧嘩が吹っ飛んだといっても、こちらに非があったのなら謝罪するのが道理。そんな思いもあっての質問だったが、明日香は口角を上げるだけだった。

「……また今度話すわ。今はちゃんと休むこと。他には？」

なんでも訊いてという発言は、俺の知らないところで撤回されたようだ。

何となく空気が重くなった気がしたので、場を和ませるべく口を開いた。

早く軽口を叩《たた》ける仲に戻るには、今しかないと衝動的に思ってしまった。

「あー、じゃあこれが今日最後の質問だ」

「うん。なんでも」

「俺たちってどこまで進んだ？」

「ん？　もう一度言って」

少し声が冷たくなったのは気のせいだろうか。

質問の選択を誤った。

「……なんでもないです」

「ふふ。ならよし」

でも、笑いは引き出せた。

明日香の微笑《ほほえ》みを見ていると、何だか温かい。

胸から湧き出るこの気持ちは、以前の俺の名残《なごり》だろうか。

それとも、今の。

二話　三人のカノジョ

真田勇紀《さなだゆうき》という自分を自覚した、その翌週。

——記憶喪失とは恐ろしい。

そんな漠然とした認識が、前の自分にはあったような気がする。

しかしいざ記憶を失ってみると、中々どうして爽快だ。

過去がないので、悩みもない。

何色にも染まる心だって、きっとそう易々《やすやす》と手に入るものではない。

真田勇紀という人間の根底は比較的プラス思考なのか、記憶喪失という災難を憂う気持ちより新鮮味を感じる気持ちが心の大部分を占めていた。

嘆いても仕方ないと無意識のうちに割り切っただけかもしれないが、医者曰《いわ》く「良い兆候」とのことなのでこの心持ちを保ちたいところだ。

治療の目的もあり、この一週間は自由時間の殆《ほとん》どを人間観察や読書に費やした。

人間観察では廊下を行き交う患者や看護師、医者やその他大勢をじっくり観察した。

人間関係に関しての記憶がスッポリ抜け落ちた俺から見れば、人が行き交う病院の通路は興味深い情報に満ちている。

そして三桁を超える人間を観察した俺は、一つの結論を出した。

即《すなわ》ち、目の前にいる女子は他の生き物から見ても際立った存在だと。

「今日も異常なかったら、すぐに退院できるみたいね」

「うん、思ってたより早く高校に通えそうだ」

お見舞いに来てくれた恋人、湊明日香《みなとあすか》に笑いかける。

彼女のライトゴールドの長髪が陽光に照らされ、燦然《さんぜん》と煌《きら》めく。

湊明日香は可愛《かわい》い。

ギャルの中に清廉潔白さが入った、相反する二者を両立させた容姿。

客観的に見ても、抜群に可愛いといって差し支えない。

モデル雑誌に出てもおかしくないくらいの容姿の彼女と病室で二人きりというのは、色々マズい気がする。

しかし明日香は俺の邪《よこしま》な思考など露ほども察していないようで、コクリと頷《うなず》き口元を緩めた。

「記憶が戻ってないこと以外は、健康そのものだもんね。勇紀が学校に復帰したら、喜ぶ人も何人かいるんじゃないかしら」

「何人かしかいないのか？　俺って人望ありそうな気がするんだけど」

「どんな自信よ。まあ、羨ましがられる人っていうのは間違いないけどね」

「おお、だよな！　……でも好かれてるかどうかは不安だなぁ」

俺がゲンナリして見せると、明日香《あすか》は俺の頬《ほお》をちょっと抓《つね》った。

「……私がいるからいいじゃない。ご不満？」

……やっぱりめっちゃ可愛《かわい》いな。

蒼色《あお》の瞳はクリンと大きく、上目遣いは同年代の異性を知らない俺にとって相当の破壊力を持っている。

好きがどういうものか感覚的に覚えているものの、この感覚が〝好き〟というものなのかはまだ分からない。

それでも、明日香が大切な存在だという認識は既に芽生えている。

「やっぱり学校生活は不安かしら」

「そりゃ、不安じゃないって言ったら嘘《うそ》になるけど。なるようになるとも思ってるかな」

「……そうね。なんとかなるように私も努力する」

明日香は目尻を下げて、俺の頬を優しく撫《な》でた。

記憶喪失でも怖くない。

そう思える要因は、目の前にいる明日香のお陰だ。

自分の理解者、味方が一人いると分かっただけで、気の持ちようは全く異なる。

いつも良くしてくれる看護師さんは学校に着いてきてくれる訳ではない。こうした同年代の繋《つな》がりは何物にも代え難《がた》いものだ。

でもやっぱり、違和感は胸に燻《くすぶ》っている。

人間関係以外の記憶を残す俺には、自分の身を置く状況が如何《いか》に異質なのかが判《わか》るから。

友達の一人さえも。

そして何より、家族一人さえも。

——この一週間、お見舞いに来た人間は明日香を除いてただの一人もいなかった。

だだっ広い病室にたった一人で生活せざるを得ない俺は、明日香という存在が無ければあっという間に孤独感に苦しんだに違いない。

正直、何となく沢山の人がお見舞いに来てくれると思っていたので意外だった。

「……ありがとうな」

お礼を言うと、明日香はかぶりを振った。

「ううん。当然のことよ」

こちらの真意を察しているのだろうか。

彼女が柔和な微笑《ほほえ》みを湛《たた》えて、言葉を続けようとした瞬間だった。

ガラリ。

突然扉が開くと、通路にはいつもお世話をしてくれる看護師が立っていた。

ナース服に包まれる大人《おとな》の体に目が惹《ひ》かれてしまうが、思春期においては正常な劣情を抱く自分に何処《どこ》か安堵《あんど》を覚える。

明日香《あすか》は腰を上げて、看護師に言葉を掛けた。

「あれ、どうしたんですか?」

看護師が愚問だという表情を浮かべた後、溜息《ためいき》を吐《つ》いた。

「どうしたんですか、じゃない！　面会許可の時間まではまだあと三十分。つまり今、勇《ゆう》紀《き》君は一人でいるべきなんだけど！」

「え、固いこと言わないでくださいよ。昨日は許してくれたじゃないですか」

「昨日もこの時間に来てたの⁉　……いえ、今のは聞かなかったことにするわ。早く出なさい、三十分後にまた呼んであげるから！」

看護師は目を丸くした後、瞬時に面倒ごとへ発展しないように切り替えた。それでいいのか看護師さん。

渋々退室する明日香は「なんでバレたんだろう」と不思議がったが、看護師の「入館時に受付の声を振り切る人なんて此処《ここ》に来て当然ですよ」という返答が全てを物語っている。

――湊《みなと》明日香。

彼女の内面について、この一週間で解《わか》ってきた。

面倒見がよく、声のトーンに粗雑な時があるものの、根底にある優しさは一級品。こうして腹の中で性格を分析する俺よりも、余程明け透けな性格。

猪突猛進《ちょとつもうしん》な節があるのが玉《たま》に瑕《きず》だが、それは明日香の良さでもあるに違いない。

加えてあの容姿だ。高校の教室がどんな雰囲気だったかまるで記憶がないものの、周囲からの扱いは容易に想像できた。

湊明日香が一緒にいてくれるなら、学校生活に不安はない。

最初の味方が明日香だということは、俺にとってとんでもない幸運だ。

「ねえ、勇紀君」

明日香が退出した直後、看護師がこちらに振り返った。

心なしか表情が硬い。

具体的には俺が記憶喪失だと診断された時よりも硬い気がする。

この直感が間違っていなければ、相当辛《つら》い。

明日香とのやり取りで温かくなった胸から、スッと温度が失われた。

数秒経《た》つ間に、掌《てのひら》に汗が滲《にじ》む。

「俺、何か異常見つかったんですか」

恐る恐る訊《き》いた俺に、看護師は一瞬の逡巡《しゅんじゅん》の後に口を開く。

「異常、といえば異常だけど。身体《からだ》に関しての異常ではないわ」

「な、なんだ……それなら良かった。それ以外ならドンと来いですよ」

胸を撫《な》で下《お》ろした。

命や脳に別状があることが今何よりも恐れることだったから。

しかし看護師の表情は変わらず暗く、怪訝《けげん》に思う。

身体《からだ》以外のことで異常事態など、そうそう起こり得るものだろうか。

「勇紀《ゆうき》君の彼女さんって、明日香《あすか》さんよね？」

「え？　そうですよ。あはは、今でも信じられないですけどね。あの人が支えてくれるなら、今後の学校生活にも不安はないっていうか」

「彼女さんがお見えよ」

「へ？　明日香ですか？」

看護師が視線をこちらに寄越《よこ》す。

それは患者に向ける視線というには冷たすぎた。

「いいえ？　別の人が、あなたの彼女を名乗ってる」

……前言撤回。

これから始まる高校生活、不安しかない。

◇◆

だだっ広い病室に、大きく開け放たれた窓。

最上階の角部屋に位置する此処《ここ》は、春の微風が心地《ここち》よい。

この時間帯の風は穏やかな気持ちにさせてくれる。

ここまではいつも通りだった。

いつもといえる日々を積み重ねているかは別として、相対的にいつも通り。

決定的に異なるのは、看護師に連れて来られた存在だった。

それは医者ではなく、別の看護師さんでもない。

看護師の隣にいたのは、明日香と同年代くらいの女子。

つまり、俺と同じ高校生。

その女子はとにかく鮮烈な存在だった。

存在そのものが重力を帯びているように、視線が惹《ひ》きつけられてしまう。

身長は明日香より少し高いくらいか？

明日香も女子の平均よりは高いらしいので、スタイルが歳相応じゃないといっても過言ではない。

身体のラインが強調されるキャミソールの下からは豊満な胸が盛り上がっており、短パンからは弾力のありそうな白い太ももが顔を覗《のぞ》かせる。

おさげの髪は艶《つや》のあるアッシュブラックで、電灯を反射し黒にもグレーにも捉えられる光を放つ。

目に掛かるくらいの前髪は右に流し、緩く巻かれた毛先は、大人《おとな》の雰囲気をアップさせていた。

そして露《あら》わになった左耳にはゴールドのイヤリング。

イヤリングは耳たぶが垂れてきそうな大きさなのに、ファッションとして成り立っているあたりから彼女の異常さが分かる。

どこまでも際立つ容姿を持つ彼女が、ジッと俺を見つめる。

……こんな人に心配される俺、前世でどんな徳を積んだんだ。

違う。

……こんな人たちに心配されるなんて、記憶を失う前にどんな悪行を重ねたんだ。

しかしひとまず今は、彼女の心配を取り除くことが優先される。

それがお見舞いに来てくれた彼女への最低限の礼儀だ。

そして、彼女が口を開いた。

「ふふ、うける。ほんとに入院してるんだ」

わ——笑った。

てっきり心配の言葉が出てくると思って返事を用意していた俺は、ベッドからずり落ち

そうになった。

しかし本当にベッドから落ちそうになったのはここからだった。

「私入院したことないんだけどさ、毎日の生活どうだった？　やっぱり退屈？　それとも意外と面白い？　あ、そういえば記憶ないってほんと？」

「ちょ、ちょっと待ってくれ！　記憶喪失ってそんなに軽く扱われるものだったっけ⁉　俺の記憶じゃ――」

「ぷ、記憶ないのに〝俺の記憶じゃ〟だって。君は記憶がなくなってもおもしろいね」

アッシュブラック美人は相好《そうごう》を崩して、クスクス笑った。

俺は呆然《ぼうぜん》としたが、後ろで動向を見守る看護師も同様だ。

病室の空間が一瞬で彼女に支配されたような錯覚。

その支配者が常識の範囲から逸脱していそうな言動をするのでタチが悪い。

看護師によるとこのトンデモ美人は俺の恋人らしいが、初対面の印象から〝自称恋人〟という線が色濃い気がした。

同級生か昔の知人が、記憶喪失の俺をからかっている。

この推測が正しいことを願いながら、俺はアッシュブラック美人に訊《き》いた。

「仰《おっしゃ》る通り、俺には知人の記憶がサッパリない。だから名前を教えてもらえると助かる」

「え？」

美人はキョトンとした後、スラッと長い人差し指を自身の顎にくっつけた。

気の抜けたような表情とは裏腹に、一連の動作は優雅で育ちの良さを感じる。

「んー。当ててみてよ」

「いや無理っすよ、世の中どれだけ名前があると思ってるんですか。……せめてヒントとか」

「ヒントかぁ」

美人はウーンと唸《うな》った後、「そうだ」と両手を打ち鳴らした。

何だか嫌な予感がした。

俺が反応を示す前に、ムンズと腕を掴《つか》まれる。

華奢《きやしや》な手から伝わる、ひんやり冷たい感覚。

女子特有であろうスベスベした肌触りに、俺は身体《からだ》を硬直させる。

「じゃ、ヒント出してあげる」

「えっ」

刹那《せつな》。

あろうことか、美人は俺の手を自らの胸に押し当てた。

弾力の中にある柔らかさ。

沈み続けるようなふくよかさではないものの、男にはない絶対的な感触。服越しでこれなら、本来の柔らかさは如何程《いかほど》か。

そんな思考が瞬時に脳内を駆け巡り、口から出たのは結局意味をなさない悲鳴だった。

「なぁぁあ⁉」

「あん、エッチ」

わざとらしく頬《ほお》を赤らめてみせる彼女から思い切り上体を離し、ベッドの端まで後退《あとずさ》りする。

彼女の後ろで看護師が目を点にしている。

こんな引《ひ》き攣《つ》った表情、記憶喪失の診断が下された時の数十倍深刻そうだ。

「あんたっ頭おかしいのか⁉」

「え？　おかしいのは君じゃん。私の記憶をすっ飛ばすんだから、絶対そうだよ」

「そういうのを記憶喪失っていうんだよ！　看護師さん助けてこの人不審者です！」

「で、でもさっき入館証確認したし……」

「今の状況見てたらそんなの問題じゃないのは分かるでしょ⁉」

混乱状態の看護師に反論すると、横から美人が頬に手を添えてきた。

そしてグイッと力ずくで方向転換させられる。

バキバキ！

首から嫌な音が鳴る。

視界が看護師から美人に切り替わるや否や、彼女は目尻を下げた。

「どう、思い出した？」

「今死にかけた気がします」

「ふふ、やっぱりおもしろい」

頬に両手が当てられている。

目と鼻の先に、凹凸《おうとつ》一つない滑らかで純白な肌。太陽の光はここから放たれているのではと錯覚するくらい眩《まぶ》しい瞳。

長い睫毛《まつげ》は上向きにカールされており、瞳の大きさを強調している。

目の前にいるのに、画面越しに観《み》ているような精巧さ。

思わず見惚《みと》れてしまった俺に、美人はニコリと口角を上げた。

「……名前教えてあげる。次忘れたらタコ殴りね」

「脅しが荒々しいな！」

頬を挟まれながらくぐもった声で答えると、黒髪美人は目をパチクリさせた後、俺から離れた。

そしてニコリと口角を上げ、胸を張る。

スタイルが強調されて視線が顔の下に落ちそうになったが、気力で堪《こら》えた。

「私、有栖川《ありすがわ》紗季《さき》。忙しい中、君のために来てあげたよ」

沈黙が下りた。

何か続きがあると思ったが、有栖川紗季《ありすがわさき》は小首を傾《かし》げてこちらを窺《うかが》ってくる。

どうやら今しがたの自己紹介に続きは存在せず、俺のターンに移行したらしい。

後半のくだりは冗談なのか大真面目《おおまじめ》なのか。

今までのこの子の言動から後者な気がすると思いながら、俺は返事を絞り出す。

「……よ、よろしく。有栖川……さん？」

有栖川は片手を上げて応えた。

「うん、よろしく。あと私彼女だから、さんはなくていいよ」

「……ほ、ほんとに彼女なのか？」

ついでのように付言されたので、聞き逃すところだった。

あまりに明日香《あすか》の応対と異なることから、本人の口から聞いても俄《にわ》かには信じ難《がた》い。

「うん。こんな可愛《かわい》い人が彼女って、かなり嬉《うれ》しいでしょ？」

「ぶっちゃけ全部冗談だったりしない？」

「えっ」

話をぶった切るような質問に、有栖川紗季は目を丸くした。

吸い込まれそうな大きな瞳。

その瞳がみるみるうちに潤んでいき、有栖川は目を覆った。

「ひどい……」

「え、ちょっと待ってごめんなさい。嘘嘘《うそ》、全部冗談！」

予想外の展開にしどろもどろになる。

必死になって看護師に視線で助けを求めると、あっさり逸《そ》らされた。

「最低ですね」

「これ今の俺のせいなんですか⁉」

そう抗議はしてみたものの、看護師から見た俺は二股をかけて、あまつさえ泣かしてしまう女の敵。

下手《へた》に関係性が構築されてしまった今、庇《かば》われないのは仕方のない話だ。

以前の俺は相当なクソ人間だった可能性が高い。

医者曰《いわ》く、この俺の記憶は戻るかもしれないし、戻らないかもしれない。

しかし戻った場合、彼女たちは再び弄《もてあそ》ばれることになるのだろうか。

……それは我慢ならない。

こうして一度関わった人たちに、そんな未来は送らせたくない。

たとえ相手が過去の自分であっても、今の俺にとっては敵だ。

過去の自分が二股をかけた極悪人であることを伝えるのが、一人の人間としてのケジメというものだろう。

有栖川《ありすがわ》の心配を取り除くという当初の優先事項は図らずもクリアしたし、これで憂いなく宣言できる。

「ごめん。君が彼女っていうのが本当なら、以前の俺はクソ人間だ」

「え？　なんで？」

有栖川はさっと手をどけて、キョトンとした顔をした。

泣いていたにしては、目元はさっきと全く変わらない。

本当に泣いていたんだろうかという疑問を頭の隅に追いやりながら、俺は口を開いた。

「有栖川さんの前に、自分が彼女っていう人が来てくれたんだ。どうも、その人は俺の幼馴染《おさななじみ》らしくて。彼女と有栖川さんがどちらも本当のことを言ってるなら、俺は二股かけてたことになる。だから――」

「ふうん。私とキスしたら許すよ」

「へ？」

「キスしたら許す」

繰り返された文言《もんごん》を聞いて、俺は喉から出掛かった言葉を飲み込んだ。

キス。

ポンコツになった頭でも、その単語が表す意味はハッキリ分かる。

「し、しないって！　分かってるのか、俺浮気《うわき》男だぞ!?　浮気っていうか、もっと酷《ひど》い二股！　彼女二人作った男だぞ！」

予期していなかった有栖川の言葉に、捲《まく》し立《た》てるように返答する。

しかし有栖川はこともなげに口元に弧を描いた。

「うん。それだけ君に魅力があるってことでしょ？　私の彼氏なんだったら、それくらいの気概はなきゃね。偉いぞっ」

「どういう――」

「許してるってこと。その子と別れてなんて言わないから、安心して」

どうやら目の前にいる女子は、世間も驚きびっくりの価値観を持っているらしい。

というかさっきの泣く仕草はなんだったんだ、こんな人からあっさり涙が出るとは思えない。そんな俺の疑問に応えるように、有栖川はニコリと口角を上げる。

……うん、絶対嘘《うそ》泣きだ。

だけど、それとこれとは話が別である。

「なあ、有栖川さんはこんな暴挙許していいのかよ。二股が許されるなんて聞いたことないぞ？　普通恋人は一人だろ」

「あはは、記憶喪失なんだからそりゃ聞いたことないでしょ」

「デリカシーってもんがないのかアンタは！」

以前の自分を棚に上げて、思わずそう突っ込んだ。

有栖川《ありすがわ》は肩を揺らして笑う。

キャミソールから白い肌が、こちらを挑発するかのようにチラチラ顔を覗《のぞ》かせる。

「だからいいって。相手は明日香《あすか》さんでしょ？　君の浮気《うわき》は私公認だよ。万歳、両手に花の大天国だね」

「……待ってくれ。有栖川と明日香知り合いだったのかよ、てことは同じ高校!?　俺の頭に残ってる常識と違いすぎて怖い！」

人間関係以外の記憶があるとはいえ、目覚めて早々これでは一体何が常識だったか分からなくなってしまう。

「つーかなんで相手が明日香だって知って――」

「ふふ、どうして知ってるのかな。そうだ、明日香さんに訊《き》いてみよっか」

「や、やめろ！」

スマホを取り出してみせる有栖川を慌てて制止する。

こんな事実、露見させても誰も幸せにならない。

俺に不幸が降りかかるのは、記憶を失ったとはいえ身から出た錆《さび》なのかもしれない。だけど明日香には罪もないのだ。

二股をする彼氏なんて普通なら嫌に違いないのに、あっけらかんと話してくるあたり有栖川はどこまでも掴《つか》みどころがない。

だからといって、この状況をそのままにしておくのはマズい。

有栖川が明日香に事実を伝える危険があるし、下手《へた》に記憶が戻ったらこの関係がズルズル続きかねない。

俺は意を決して、言葉を紡ぎ出した。

「なあ、別れないか？」

「え。私が同意してるんだし良くない？」

「明日香はこの関係に同意してないんだろ。だったら別れるべきだ」

有栖川の掴みどころのない性格と違い、明日香には真っ直《まっす》ぐな印象を受けた。とてもじゃないが、二股を許容しながら関係を続ける人には見えない。

「それって私だけ振るってこと？」

「そんな訳ない。明日香とも別れるよ」

有栖川はまた俺の心を見透かすかのように、目を細めた。

「へえ。どうして？」

「もしバレたら色々言われることになる。周りから、色んな人から。記憶のない俺のせいで言われたら、あんたにも明日香にも迷惑がかかる」

「かからないよ」

「かかるだろ。それに、俺も——」

ドン、と上体を押し倒された。

ガシャンと大きな音を立てて、俺はベッドに倒れ込む。

何をするんだと抗議しようとしたところ、口を片手で塞がれる。

上体を起こそうにも、胸と顔に体重を掛けられ身動きが取れない。

数センチ先には有栖川紗季《ありすがわさき》。

先程よりも更に至近距離の彼女が近づいてくる。


そして、今度は止まらなかった。


あっさりと。

あまりにもあっさりと、唇を塞がれる。

頭の中が弾《はじ》ける感覚。

蕩《とろ》けるような、扇情的《せんじようてき》な感覚。

たった数秒の接吻《せつぷん》によって伝えられた膨大な感覚を処理しきれずにいると、有栖川紗季は「ぷは」と艶《つや》のある声とともに離れた。

そして、唇を拭いながら言葉を紡ぐ。

先程とは決定的に異なる声色で。

「――君を悪く言う人がいたなら、私が殺してあげる」

　窓から、春にしては冷えた風が俺たちの間を吹き抜ける。

「……死んだ人はいないのと同じだよ」

　冷ややかな瞳が俺の身体《からだ》を貫いた。

　有栖川から放たれる凍《い》てつくような視線はとんでもない迫力だ。

　以前にもこの感覚に陥《おちい》った気がする。

　明日香《あすか》を目の前にした時と同じように、以前の自分が何かを覚えているような。

　医者が言うにはそんな現象はないらしいが――

　返事に窮して口を閉じると、有栖川は目をパチパチさせて吹き出した。

「ふふ、ジョークだよ。そんなに本気にしないで」

　俺は目を瞬《まばた》かせる。

「……ジョークって直前で止めるから成り立つんじゃなかったっけ？」

「そうなの？　ありがと、勉強になった」

　有栖川は小さく笑って、唇に手を当てた。

　桜色の唇。

　見た目は薄いが、確かな弾力を擁していることをたった今知ってしまった。

「ねえ。君が人間関係だけを忘れた理由、私には分かる気がするよ」

俺は有栖川《ありすがわ》の顔を凝視した。

「てことは、あんた何か知ってんのか」

「うん、何かは知ってるよ」

有栖川は含みのある笑みを浮かべて、自身の唇に人差し指を当てた。

「色々教えてほしかったら、この関係は継続させてよ。どうせ後で分かることもあるし」

「……どうしてそこまで付き合おうとするんだ」

「好きだからに決まってるじゃん？」

至って平板な声色で、有栖川はそう告げた。

……さっきの嘘《うそ》泣きといい、やっぱり怪しさ満点な気がする。

以前の俺が二股をしていた可能性と、有栖川が虚言を吐《つ》いている可能性。

しかし有栖川が本当に、記憶喪失の原因となり得るものを知っていたとしたら。

「にしても、記憶戻らないなー。キスしたら記憶戻るみたいな、白雪姫的な展開になるかと思ったんだけど」

「そんなロマンチックな展開が起こる状況じゃなかっただろ」

「ふふ、確かに。じゃあ次は、もうちょっと雰囲気作りも大切にしよう」

「あんたからキスしたんですけどね？」

有栖川は俺の返答をガン無視して、身体《からだ》をグッと伸ばした。

温かな春風が窓から吹き抜けて、ようやく病室に静寂が戻る。

混乱した脳内も次第に落ち着きを取り戻し、俺は深く息を吐いた。

「そういえば、退院の目処《めど》立ったんだよね？　差し入れに本置いておいたから、暇がありそうだったら読んでね」

視線を落とすと、ベッドの脇に本の二冊入ったレジ袋が置かれている。

「おお、これは……後で読んどく」

今日初めて受けるまともな言葉に、静かに応える。

有栖川は一度頷《うなず》き、背を向ける。

颯爽《さっそう》とした仕草に、彼女の用は済み、此処《ここ》から立ち去ろうとしていることが分かった。

有栖川に関して、まだ色々と疑問が残っている。

だけどそれに対する追及はまたの機会になりそうだ。

見送ろうと彼女の背中から視線を外さずにいると、有栖川はおもむろに振り返った。

「そうだ。学校で会ったら、ちゃんと君は助けてあげる。私、一応三大派閥の女王様なの。だから頼りにしてね」

「なんだその変な名前……」

「えー、カッコいいじゃん」

自己肯定感が青天井だな、という感想は飲み込んだ。

彼女の性格は今の自分にとっては些《いささ》か刺激が強く、恐らく異常。

しかし強《したた》かに生きる上では必要なものも備わってると、そう思わされた。

「その代わりに、君を守ったらこの関係も延長すること」

「よく分からないけど。……まあ良《い》いよ。今の俺に止める権利はないみたいだしな」

「ふふ、約束。言質《げんち》取ったからね。……じゃ、また」

「ああ……また」

有栖川紗季《ありすがわさき》。

唯我独尊の四文字に相応《ふさわ》しい内面は、恐らくは絶大な自信の表れ。

彼女がこれからの生活において頼りになることは間違いない。

本来有栖川紗季が学校生活で味方になってくれるなら、これ以上心強いことはないのだろう。

二人目の彼女を名乗られるという、奇天烈《きてれつ》な状況が無かったらの話。

俺と有栖川、そして明日香《あすか》の三人が同じ学校という状況じゃなかったらの話だ。

そう思考を巡らせていると、閉まりかけの扉から有栖川の顔がこちらを覗《のぞ》いた。

「あ、そうだ。もう一人呼んでくるから、そこで待っててね」

「……もう一人？」

その意味を測りかねて、俺は思わずおうむ返しをしてしまう。

しかし有栖川の姿はすぐに見えなくなり、足音が遠ざかる。

俺は数秒間硬直した後、ベッドから飛び出して室内を駆け、勢いよく扉を開けた。

いつの間にか廊下に退出していた看護師が、ビクッと肩を震わせる。

どうやら有栖川が退室するまで傍《そば》で待機していたようだ。

しかしそれは最早《もはや》重要な問題ではない。

俺は看護師に訊《き》いた。

「……もう一人って、い、いったい、どういう意味だと思います？」

「……さあ。そういう意味だと思いますけど」

ドン引きしたような看護師が、先程よりも冷たい声色で答えてくれた。

◇
◆

有栖川が退室してから数分後、小さなノックの音が部屋に響いた。

恐る恐る目をやったが、ドアは開かない。

沈黙が下りて数秒。再度《さいど》ドアが軽くノックされる。

そこでやっと、返事をしなければドアが開かないことに気が付いた。

ノックは入室前にするのが当然のマナーだが、明日香《あすか》は気付けば部屋にいるし、有栖川《ありすがわ》に至ってはいきなりドーンと開け放って看護師を驚かせていた。

自分の彼女と名乗る人間は皆んなそちらの類《たぐい》だと高を括《くく》っていたので予想外だが、本来これがあるべき姿なのだ。

「どうぞ」と答えると、控えめに扉が開いた。

二十センチほどの隙間から、廊下が視認できる。

次の瞬間、ヒョコッと茶髪の女の子が顔を覗《のぞ》かせた。

ボブの毛先がぴょこんと跳ねて、それまでの彼女たちと些《いささ》か異なる第一印象。

「先輩っ」

カラカラと扉が開いて、茶髪ボブの女の子がスッと入室する。

「……ど、どうも」

どうやら俺は緊張しているようだ。

先程とは違い、いきなりまともな対応をされているので些かギャップがあるのだろう。

有栖川によると、この女の子も俺が彼女持ちということを認識しているらしい。どんな奇天烈《きてれつ》な人間が来るのかと思いきや、どの彼女よりも可愛《かわい》らしい容姿。

二人が綺麗《きれい》系とするなら、この女の子は純度百パーセントの可愛い系である。

ここまで出会った女子は全員綺麗《きれい》で可愛《かわい》いので、もしかしたら周りの同年代の女子は皆《みな》可愛いか綺麗に二分されるのではないかとさえ思えてくる。

女の子がトコトコこちらへ歩いてきて、目を泳がせた。

「あ、あの。へんぱい」

「え？」

「コホン。先輩」

言い直した。

今言い直したけど、揺れる瞳が追及しないでほしいと訴えてくるようだ。

俺は何も気付いていないフリをして、無言で続きを促した。

「げ、元気ですか」

「……元気に見える？」

「そ⁉　そうですよねすみません！　ごめんなさい失礼します！」

「ちょ⁉　ごめんキツく見えたら謝る待って！」

回れ右をして退散しようとした彼女を、俺は慌てて制止する。

ここで帰られては何も分からない。何しろまだ名前さえ聞けていないのだ。

「俺は真田勇紀《さなだゆうき》！　君の名前を教えてくれ！」

ドアノブに掛かった彼女の手が、ピタリと止まる。

振り返った彼女は、フルフルと震えていた。

「せ、先輩ぃ……やっぱり私のこと忘れちゃったんですかぁ……」

「ご……ごめんなさい」

思わず謝罪した。

こんなにも直情的に悲しまれると、それ以外の言葉が出てこない。

記憶を飛ばすというのが、彼女に対してとても悪いことをしたというのは間違いない。

しかしここまで自然に謝罪が出たのは初めてだった。

「ごめんなさいじゃないですよぉ！　先輩がいなくなったら私どうすればいいんですかぁ！」

「いや、一応まだ生きてるだろ？」

「私の中の先輩は死にましたぁ！」

「めっちゃ酷《ひど》いこと言うな⁉　それ天然なの⁉」

とんでもない攻撃で致命傷を負った俺は、血反吐《ちへど》を吐きながら返事をする。

彼女は我に返って、何とか言葉を続ける。

「ごめんなさい、つい本音が……」

「何も弁解できてないし更に傷付いたんだけど」

明日香《あすか》や有栖川《ありすがわ》と全く異なるタイプだという第一印象には相違ない。

しかし異なるタイプというだけで、この子もかなり変わっている。

三股を許容するのだから、変わっていて当然かもしれないが。

「ていうか、そんなに俺に依存してたのか？」

傍《はた》から聞くとめちゃめちゃ痛い質問だが、今の俺は全て言葉にしなければ疑問を解決できない立場だ。

病室に放たれた自らの言葉に顔を顰《しか》めて、俺は彼女の返事を待った。

「い、依存はしてないです……ちょっとラインをしてたくらいです」

「一日何件くらい？」

「二百」

「にひゃく？」

分かった、この子が一番ぶっ飛んでる。

まさか有栖川よりもぶっ飛んでる人が出てくるとは思わなかった。

茶髪ボブの女子はブンブンかぶりを振って、言葉を続ける。

「だ、大丈夫です最高記録の話です！　しかもその時は通知をオフしておくように事前に言ってましたから。そしたら暫《しばら》くの間先輩から一通も返事がこなかったです」

「俺も結構酷《ひど》いな……」

我ながら、さすが三人の彼女を抱える人間だ。

何だか自分の中にある常識と自分の行動、周りの行動がかけ離れすぎていて、記憶を取り戻したくないレベル。

今のまともな精神状態で記憶が戻っても、周りについて行ける気がしない。

ついて行けてなかったから返信しなかったのかもしれないけれど。

「ていうか、名前教えてくれよ。俺まだ君のこと、何も分からないんだ」

俺の発言に、彼女は少したじろいでから答えた。

「ふ……笛乃《ふえの》ひなっていいます。ひなって呼んでください」

「そっか。分かったよ、ひな」

一瞬の静寂。

みるみるうちに、笛乃ひなの顔が赤くなる。

「なっ、なっ、なんで名前で呼んでるんですか！」

「言われたからですけど!?」

おかしい、反応がウブすぎる。

記憶喪失の俺ですら、名前を呼ばれただけじゃこうはならない。

明日香《あすか》は最初から名前呼びだったし、有栖川《ありすがわ》に至ってはキスまでしてきたのだ。

「……ひなって、俺と付き合ってるんだよな？」

「そ、そんなそんな……！」

「あ、なんだ違うのか」

「付き合ってます！」

「反応紛らわしいな！」

有栖川《ありすがわ》が俺をからかっているだけという線はないようだ。

有栖川の存在を認知してから短時間のうちに二度も疑ってしまった。

明日香《あすか》から複数人の彼女という言葉を聞いていない以上、有栖川の主張だけを鵜呑《うの》みにはできなかっただけ。

だけどひなの反応を見るに、有栖川は嘘《うそ》を吐《つ》いていなかった。

俺は心の中で有栖川に謝って、ひなに向けて言葉を連ねる。

「緊張しなくていいよ。記憶はなくても、きっと俺のままだから」

「す、すみません。単に私コミュ症なだけなんですよ……初対面って思われてると思うだけで緊張しちゃって……」

「あー、人見知りなのか」

ひなの主張は、何だかストンと腑《ふ》に落ちた。

それだと先程までの言動も大方納得できるし、可愛《かわい》らしくも思えてくる。

「まあ、緊張しないでよ」

「でも……その、緊張しないでって言われて緊張ほぐれたら苦労はいらないっていうか」

「俺はこの先、ひなとの時間も積み上げていきたい。この気持ちはきっと、以前からあったはずだから」

形はどうあれ、以前の俺と仲良くしてくれていた。

そんな存在からいつまでも他人行儀にされるのは、記憶がなくても少し寂しい。

「せ、先輩……」

「緊張とれてきた？」

「キザな言葉似合わないですね」

「帰れ！」

病室の出口をビシッと指差す。

ひなはクスクス笑いを溢《こぼ》して、おもむろにお辞儀をした。

「ありがとうございます、おかげさまでちょっと慣れてきました。記憶が無くなってても……こうして話してみると、確かに初対面って感じしないかもです」

「……納得したくないきっかけだけど、そう思ってくれたのならまあいいや」

明日香も同様だが、以前の俺を大切に思ってくれていたことは伝わった。

ひとまずこれでお見舞いに来てもらった義理は果たせたかな。

「はい。これで先輩推しを継続できそうです」

「え？」

ニコニコ笑顔になったひなは、口を開く。

「私、三次元で一番推してるの先輩なんですよね。傍《そば》にいられるだけで、私結構幸せです」

「へ、推し？」

「オタクは推しからの供給で日常を愉《たの》しく生きてるんです。二次元大好きな私ですが、三次元からの供給もしっかり欲しい系オタクです。最近先輩からの供給が無くて毎日色の薄れた生活を送ってました」

一気に饒舌《じょうぜつ》になって捲《まく》し立《た》ててくるひなに、俺は口元を緩める。

「ひなはオタクなんだな」

身振り手振りで話していたひなの動きが止まった。

そして恐る恐るといった様子で上目遣いをしてくる。

「そ……その、やっぱりオタク引きますか？」

「なんでだよ。二次元好きな人なんてめっちゃいるってことは覚えてるぞ。そんなんで引く理由になるかっての」

そう言うと、ひなは目を瞬《まばた》かせる。

「……同じこと言われました」

「……それは、前の俺に？」

前の俺は三股をするとんでもない人格。そんな自分ではあるものの、共通点を見出《みいだ》されることに悪い気はしなかった。

俺からは十六年という月日が消え失《う》せている。

しかし周囲の人間が今の俺を通じて以前を想起してくれるなら、今の俺の言動も過去の積み重ねがあってこそだと自覚できる。

ペラペラに思える今の時間にも、きっと意味を見出せる。

「今日は先輩の顔見れただけで、生きててよかったポイント上がりました。先輩、今からお散歩しませんか？　皆さんが来ないうちに――」

ブブッと、ひなのポケットが震えた。

ひなはスマホを取り出して画面に視線を落とした後、ガッカリしたように嘆息する。

「……今から、他の彼女さんたちが来るそうです。もうちょっと喋《しゃべ》りたかったなぁ」

歪《いびつ》な言葉が、可愛《かわい》い口からいとも簡単に紡がれる。

そして恐ろしいことに、俺もこの状況を受け入れ始めている。

記憶喪失という特殊な環境に慣れたからか、複数人の彼女という環境への順応も早いようだ。

「いつでも喋れるんだろ、俺ら」

落ち込むひなにそう告げてみると、ひなは嬉《うれ》しそうに口角を上げた。

「私、先輩に――」

唐突にドアが開く。

ひなの時とは違い、一気に全開という開け方だ。

ノックの瞬間開けられたドアからは、アッシュブラックの頭とライトゴールドの頭が一つずつ。有栖川《ありすがわ》を先頭に、明日香《あすか》が後ろから彼女の肩を掴《つか》んでいる。

「やっほー、さっきぶり」

呑気《のんき》に手を振ってくる有栖川に、明日香が不機嫌丸出しな声色で言う。

「一気に会わないようにするって話したわよね？　勇紀《ゆうき》のことしっかり考えてよ」

「じゃあ明日香さんは廊下で待ってて？」

「ふざけないで、あんたが廊下で立ってなさいよ！」

「私がいないと勇紀君寂しがっちゃうもん」

有栖川はこともなげに言い放つ。そして「そんな訳ないでしょ！」と荒々しく反論する明日香を無視して、こちらに視線を寄越《よこ》した。

そんな状況で見るな、まずは整理してくれと言いたい。

「勇紀君、私たちが君の彼女だよ。両手に花どころか、全身に花だね？」

ひなは有栖川の横暴に縮こまり、明日香は有栖川を真っ向から睨《にら》みつける。

それぞれ有栖川に対して思うところはありそうなものの、発言自体に反論する人はいない。

三人揃《そろ》った光景に、もう認めざるを得なかった。

「ほんとにコレ、全員の公認なんだな……」

先行きが怪しすぎる状況に、俺は盛大に息を吐く。

知り合いを誰も覚えていない状態から学校に赴くよりは遥《はる》かに良《い》い。

だがその分大きなリスクを孕《はら》んでいることは、今の俺にも理解できる。

「これ周りにバレたらどうするつもりなんだよ」

「え？　それはさっき教えてあげたじゃん」

有栖川は唇に手を当てて、小首を傾《かし》げた。

ひなや明日香はそれをただの仕草として特に気にしていない様子だが、俺には伝わる。

有栖川は俺にだけ伝わる方法で、要らない発言はするなと牽制《けんせい》したのだ。

「……こんな調子で、どれくらい付き合ってるんだ？」

「うーん。私は一年くらいかな」

有栖川が我先にといった様子で発言する。

「私は二年ね」

次に明日香が返答する。

やはり幼馴染《おさななじみ》ということもあり、長い付き合いのようだ。

高校生で一年、二年の交際期間というのはクラスにそう何人もいないだろう。

明日香の答えを聞いて。有栖川《ありすがわ》は唇を尖《とが》らせた。

「あー、ズルい。先に付き合ってるなんて」

「余計なこと言わないで」

明日香《あすか》は有栖川を一蹴《いっしゅう》した後、ひなに向けて柔和な笑みを浮かべた。

「ひなちゃんは？　ごめんね、この人がいたら喋《しゃべ》りづらいでしょ」

「い、いえとんでもないです……わた、私は半年くらいです」

ひなは若干つっかえながら答えた。

人見知りを発動しているのか、二人の華やかな雰囲気にただ緊張しているのかは定かではない。

緊張だとしたら、その主な元凶《げんきょう》であろう有栖川は一切気に留めていない様子でニコニコ笑った。

「うんうん、それでこそひなちゃんだ」

「は、はい……ありがとうございます」

心の中でひなを応援する自分がいたが、俺が逆の立場でも有栖川には反論できたかは怪しいところである。

有栖川には、妙に人を寄せ付けないオーラがあった。

「とにかく、退院後は私たちがあんたをサポートしてあげるから。安心して学校に戻ってきなさいね」
明日香は髪を梳《す》いて、耳に掛ける。
華やかに。
鮮やかに。
淑《しと》やかに。
圧倒されるような光景の中、有栖川紗季《さき》が言葉を紡ぐ。
「勇紀《ゆうき》君。私たち三人が君の彼女だよ」
これだけ印象深い情景を前にしても、記憶の戻る気配はない。
記憶探しの手掛かりの中で、最も大きいのがこの状況だろうに。
「……よろしくお願いします」
この言葉は、現状を受け入れるという合図。
三人の彼女はそれぞれ異なる笑みを浮かべ、応えてくれた。
ガラリと扉が開く。
特殊な環境、特殊な状況。
新生活が始まった。

三話　湊明日香《みなとあすか》

三人の彼女との邂逅《かいこう》から数日。

精密検査や諸々《もろもろ》のカウンセリングを済ませ、無事に退院した俺に最後まで付き添いをしてくれたのは、幼馴染《おさななじみ》彼女の明日香だった。

幼馴染と彼女なんて本来連ねる単語ではないはずだが、それが最もしっくりする並びなので仕方ない。

そんな明日香は以前の俺から合鍵を受け取っていたようで、退院の直前からずっと一緒にいてくれた。

他二人は全く顔を出さなかったので、さすが最も長い付き合いの彼女だ、と思った。

……なんだこの変な思考。

俺は頭をブンブン振って、変な思考を振り払う。

勢いよく顔を上げると、いくらか頭がスッキリした。

俺は今、久しぶりに自宅前に佇《たたず》んでいる。

築浅のマンション十二階。

ブラウンの玄関ドアには、ゴールドの縁が施されている。

道すがら目に入ったマンションたちよりいくらか豪勢な印象で、俺は思わず上ずった声を出した。

「へー、ここが俺の家なのか。すげえ見覚えあるわ」

「何か変なセリフね」

一歩後ろで待機する幼馴染、湊明日香が若干呆《あき》れたように呟《つぶや》いた。

「仕方ないだろ？　本心なんだから」

隣に寄ってきた明日香を横目に、俺は玄関ドアに鍵を差し込む。

重厚な感触を覚えながら鍵を捻《ひね》ると、小気味《こきみ》いい音が鳴った。

ガチャリ。

「たのもー！」

「ちょ、近所迷惑でしょ！」

明日香が注意してくるが、俺は構わず家の中へ入っていく。

久しぶりの我が家は、どこか懐かしい匂いだった。

リビングは軽く走り回れるくらいの広さがあり、真ん中には横長のローテーブルが置かれている。

他の部屋に繋《つな》がるドアも二つあり、俺と明日香《あすか》がいても十二分にゆとりがある。

俺の家、かなり広い。

「そっか、俺って割と裕福だっけ？　一人暮らしにしては広すぎるし」

「広いわよ、この贅沢者《ぜいたく》。三人彼女持ちの贅沢者」

「それはその通りなんだけどなんか反応困るからやめて！」

「冗談よ、気にしてないし」

「それはそれでめっちゃ変だと思うけどな……」

俺の呟《つぶや》きもどこ吹く風で、明日香は手荷物などをリビングの隅に纏《まと》める。

ひとしきり纏め終えたところで、俺に声を掛けた。

「じゃ、ご飯作ってあげるから勇紀《ゆうき》はテレビでも見て待ってて。リビングテーブルの引き出しに、リモコンが入ってるはず」

「え、テーブルの引き出し？」

言われた通りに引き出しを開けると、確かにリモコンが入っている。

「おお、まじだ。明日香ってこの家に結構来てたのか」

「まあね。大体の家具の位置を覚えるくらいには」

「へー、かなり来てたんだな」

「そりゃまあ、二年も付き合ってたらね」

「……長《なげ》えなあ」

「そこ、なんで不満そうなのよ！」

「ぜっ全然不満じゃないぞ！」

俺は慌ててかぶりを振った。

思わず三人の彼女について思考を巡らせてしまったのだ。

容姿端麗、包容力も兼ね備えた同年代なんて限られる。

それがまさかの三人ときた。

こんな浮気《うわき》しまくりの以前の俺には、天誅《てんちゅう》を下されて然《しか》るべき。記憶を失くして当然だと思う。

三人公認というキテレツな状況を、浮気と称していいのかは分からないけれど。

「フーン。不満じゃないならよかったわ」

明日香は俺をジトッと見てから、気を取り直したように手元に視線を落とす。

どうやら今から料理を振る舞ってくれるらしく、キッチンからはカチャカチャと金属音が聞こえてくる。比較的スムーズに食器を取り出しているあたり、高い頻度でこの家に訪れていたのは本当のようだ。

「そういえば、あんた自身はどこに何があるか覚えてるの？」

「ああ……大体な。リモコンの在処《ありか》は忘れてたけど」

「へー、そう。それは記憶喪失とは関係ないかもね」

「かもなー。診察された時も、まだまだ曖昧な部分があるって言われたし」

俺はそう答えて、リモコンを元の場所に収納する。

テレビを見るより、まずは自宅の探策が優先だ。まだ少し朧《おぼろ》げなところもある記憶を頼りに、リビングに寝室、トイレにバスルームと順に足を運ぶ。

視界に入るごとに、自宅についての記憶が鮮明なものとして蘇《よみがえ》ってくる。

医者曰《いわ》く、系統的健忘といっても症状は人それぞれらしい。

俺の場合人間関係のみを忘れ去る類《たぐい》のものだが、その人間関係が色濃く映し出される場所や事柄は、細かく覚えていないこともあるそうだ。

それは学校の教室だったり、自宅だったり。

即《すなわ》ちこうしてすぐに自宅についての記憶が蘇るのは、他人が入る時間が限定的だったということ。それは恐らく、家族さえも例外ではない。

2LDKのマンション。高校生が一人で過ごすには些《いささ》か広すぎる。

……こんな家に一人暮らしなんて、本当に良《い》いご身分だ。

「高校生のくせになぁ」

廊下を歩く俺は、他人事《ひとごと》のような口調で呟《つぶや》いた。

自分で自分が憎たらしい気分になりながら、最後の一室を開ける。

「……なんだこれ？」

それは仏壇だった。

回り込むと、一人の女性がこちらに向けて微笑《ほほえ》みを湛《たた》えている。

……俺の母《かあ》さんか。

母さんが既に他界していることは、病院の中で知った。

お見舞いに両親が来ないことを不思議に思った俺が、明日香《あすか》に訊《き》いたのだ。

母さんが生きていたら、俺の現状にどんな反応をしたんだろう。

……きっと心配してくれたに違いない。

「何してんの？」

「うおあ⁉」

驚いて振り返ると、明日香もビクリと肩を震わせた。

「お、驚かせんなよ、妖怪かと思っただろ！」

「はっ、なんで妖怪なの⁉　せめて幽霊とかじゃない訳⁉」

明日香は俺の文言《もんごん》に仰天したような反応を見せ、冷静さを取り戻すようにかぶりを振った。

「お母さんの前で今のは失言ね……」

「いや、まあ大丈夫だろ。母さんなら笑うところだと思うぞ」

心の赴くままにそう言って、口角を上げる。

明日香《あすか》は俺の言葉に、目を瞬《まばた》かせた。

「……って俺は思うんだけど。どうだねワトソン君」

「誰がワトソン君よ、勝手に性別転換しないで。……まあ、間違ってないと思うわ。お母《かあ》さん、気のいい人だったしね」

「へぇ、やっぱそうなのか」

「うん。私がちょっと荒れてた時も、お母さんに色々聞いてもらったりしたの」

明日香が隣に腰を下ろし、仏壇に向けて両手を合わせる。

……明日香、一時期荒れてたのか。

幼馴染《おさななじみ》だから、きっと母さんも放っておけなかったのだろう。

確証もないが、俺は何となくそう思った。

そんな彼女に、気になっていたことを訊《き》いた。

「なあ。俺の父《とう》さんってもしかしなくても冷たい人か？」

「え、なんで？」

明日香が合掌を解き、俺に視線を移す。

「だって、父さんは生きてるんだろ。それなのに病院に顔も出してくれないって、一体全体どーいうことだよ」

父さんはマンションの名義を自分にした上で、子である俺を放って仕事に没頭しているらしい。

単身赴任で常時飛び回り、俺とは三年ほど顔を合わせていないそうだ。

幼馴染である明日香さえも、俺の父がどんな仕事をしているかも、連絡先も知らないようだった。

「あー、まあね。私もそう思うわ」

「唯一の肉親である父から見舞いの連絡一本さえも無い。ったく、我ながら中々ハードモードなバックボーンだな」

「口調が軽くて全然伝わらないわ……」

「心では泣いてるんだよ！」

俺が「えーん」と泣き真似《なまね》をしてみせると、明日香はガン無視した。

冷たくなるのが些《いささ》か早すぎる気がする。

居た堪《たま》れなくなった俺は咳払《せきばら》いをして、仏壇に視線を戻した。

母さんが和やかな笑顔でスベった俺を見守ってくれている。

……きっと母さんは俺の記憶が無くなったら悲しんでくれる。

父さんが悲しんでいないとしたら、それは良かったことなのかもしれない。

「悲しませる人間は少ない方がいい。てことは、プラマイゼロかな」

兄弟がいてくれたらという感情もあるが、どちらかといえば一人っ子で安堵《あんど》する気持ちの方が俺の中では大きいみたいだ。

俺の言葉に、明日香《あすか》は口元を緩めた。

「くっさいセリフ」

「恥ずかしくなるからやめて！」

「でも、ちょっとだけあんたらしい」

俺は目を瞬《まばた》かせる。

明日香の口調は、いつになく静かだった。

ダイニングキッチンから芳《こう》ばしい香りが漂ってくる。

パチパチと油の跳ねる音。

俺たちのいる部屋まで伝わる、料理の空気。

温かい。

凍《い》てついた空気を溶かしていくような情景は、真っ白な心にも優しい色を施してくれる。

微睡《まどろ》むような感覚に浸っていると、明日香が静かに言葉を続けた。

「前にも言ったけどさ。掃除とか大変だと思うから、たまに手伝いに来てあげる。私、基本的には家周りのこと任されてるから」

「それは彼女たちの中でってことか？」

「そうね。私と紗季《さき》は、一応役割分担してるのよ」

明日香はそう言って、こちらに目をくれた。

ライトゴールドの髪に、蒼《あお》色の大きな瞳。

明日香を通して、過去の自分の影を追う。

生きてきた十六年。

積み上げた記憶の多くが欠け落ちた事実は、未《いま》だに実感がない。

積み上げてきた十六年分の厚みが一瞬でペシャンコになったのに、周りは十六年分積み上げている。

厚みもない、よく分からない存在が自分なのだ。

だからこそ、こんな常識から逸脱した状況も受け入れられる。

——いや、受け入れるしかない。

真っ白なスポンジがどんな色も吸収してしまうように、目の前の出来事が全て自分のものになる。

これが記憶喪失によるものなのか、以前の俺の在り方なのかは不明瞭だけど。

「ねえ」

眼前まで近寄ってきた明日香が、俺の鼻に人差し指でちょんと触れた。

「不安になっても、私がいるから大丈夫よ」

「え、いや……」

「勇紀《ゆうき》が困ってることがあったら協力する。何でもね」

「何でも？」

反射的に口をついて出た言葉に、明日香《あすか》は目を瞬《まばた》かせた。

「……あんた、今変な想像した？」

どう答えようか迷った挙句、俺は素直に答えることにした。

「変な想像した」

瞬間、鼻が力強く握られる。

顔からもげるくらいの痛さに、俺は悲鳴を上げる。

「いでででで！　退院したての患者に何してんだよ⁉」

「うるさい、なんでそういうところまで戻ってるのよ！　私の善意返せ！」

「仕方ないだろ、健全な男子なら皆《み》んなそうだって俺の常識が言ってるぞ！」

「今のあんたは健全からかけ離れてるでしょ！」

「それ普通に傷付くからやめて⁉」

明日香の返事に、俺は思わず抗議する。

ざっくばらんに話せる関係だというのはもう承知済みなこともあり、本当に傷付いている訳ではない。

長い付き合いの記憶は無くなれど、きっと心が覚えているのだ。

それにしてはと、思うところもあるけど。

ひなにも同様の感想を抱いたことだ。

「なあ、明日香ウブなのか？　俺たち一応二年も――」

「あはは、ウブ？　今のあんたには一番言われたくない言葉ね」

「返答鋭すぎだろ、今絶対切っちゃいけないところまで切れたぞ！」

最初の日はあれだけ気を遣ってくれていたというのに、この変わりよう。

だけど悪い気はしなかった。

特に思考もないまま、言葉が口をついて出る。

殆《ほとん》ど反射的な言葉の応酬が続くのは、それまで積み上げてきた時間が長いからに他ならない。記憶が消えても、これまでの関係性が消える訳じゃない。

明日香と話していると、それを実感できる。

きっとこんなやり取りが、長い間続いていたんだろう。

無い郷愁に耽《ふけ》ろうとすると、先に違和感が生じた。

それは内部から生じたものではなく、外部から侵入する違和感。

「……なんか変な匂いする」

「え？」

明日香は目をパチパチさせて、おもむろに廊下へ出る。

俺も明日香《あすか》についていき、違和感の正体を見た。

場所はキッチン。

フライパンから、灰色の煙がゴオゴオ噴出している。

「うおおおおなんだあのザ・火事の元⁉」

「キャァ⁉　やばっあれダメな色だ！」

明日香は悲鳴じみた声を上げ、フライパンの元へ駆ける。

キッチンから漂う匂いは、食べ物のそれをギリギリ保っていた。

「最悪！」「タイマー掛けるの忘れてた！」「ああーっもう！　絶対美味《おい》しくなるはずのオムライスだったのに！」と叫び続ける明日香の横に並びながら、俺は一つ思案する。


――明日から学校が始まる。


不安がない訳じゃない。

それでも、きっと大丈夫だとも思える。

明日香が俺の味方としていてくれるだけで。

ドンガラガッシャンと散乱していくキッチンの道具を眺めながら、俺はそう思った。

そして明日の弁当は俺が作ることも決意した。

四話　初登校

教室の扉を開ける。

知らない人間が一斉にこちらを凝視する。

それまでザワついていた教室が静まり返り、沈黙に支配された空間に躊躇《ためら》いながらも入室する。

自分の席が分からない。

自分の立ち位置も分からない。

クラスという箱庭に入れられた哀れな異物は、まるでそれが当然だというように受け入れる。

空いている席があった。

恐らくあれが自分の席だ。あそこに座れば、この身に注がれる周囲の視線も少しは落ち着くだろう。

近付いて、近付いて、自分の机に向かっていく。

机に何かが置いてあった。

花だ。

白い花。

何かを彷彿《ほうふつ》とさせる花。

「ねえ、君さ」

誰かが呼んだ。

見覚えのない、初めましての人間たちが、歪《いびつ》な笑みをこちらに向けていた。

「──死んでなかったんだ」

◇◆◇◆

勢いよく上体を上げた。

背中まで汗がびっしょりで、息が上がっている。

額から垂れてきた汗を拭いながら、俺は苦笑いをした。

「……なんっつー不吉な夢だよ」

今日が俺にとっては初登校という日なのに、もう少しマシな夢はなかったのだろうか。

俺はまだザワザワとする心を落ち着かせながら、深い息を何度か吐く。

十六畳ほどの寝室に、一人には大きすぎるダブルサイズのベッド。

ノロノロとした動きで床に降り立ち、ローテーブルに置いてあったスマホを手に取った。

画面には緑色の横線が沢山入っている。大量のラインの通知だ。


『hina：先輩、今日から学校ですね！　会えるの楽しみです！』

『hina：帰り道とか会えたら嬉《うれ》しいですね～』

後輩カノジョである笛乃《ふえの》ひなからの、ストレートな好意。


『SA：今日学校サボりたいねぇ』

唯我独尊カノジョである有栖川紗季《ありすがわさき》からの、脈絡のない謎のお誘い。


『Asuka：着いた！』

『Asuka：一分経過しました』

『Asuka：あれ、今日の待ち合わせ時間って七時半よね？』

『Asuka：準備に手間取ってるの？』

『Asuka：まさか寝坊？』

『Asuka：不在着信』

『Asuka：不在着信』

幼馴染《おさななじみ》カノジョである湊明日香《みなとあすか》からの、鬼の催促。

俺はスマホをベッドに放る。

理由は明白だった。

「しょ、初日から遅刻……終わった……」

現在時刻は八時。高校の始業時間は八時半。

自宅から高校までは三十分ほど掛かる。

初登校で遅刻なんて――

いや、初登校じゃないか。

初登校は今の俺にとってというだけで、周りからみれば数週間も休んでいた人間が遅刻するという状況に過ぎない。

……それなら、病弱という設定を周知させたら何とか通るかもしれない。

支度の時間を含めれば焦っても間に合う見込みはないし、諦めなくても試合終了だ。

……開き直って、いっそ二度寝でもしてみるか？

いやいや、やっぱり明日香に悪い。

鈍い頭でそんな考えを巡らせていると、ポロンと通知音が鳴る。画面を見ると、

『Asuka：おいコラ！』

「やばいやばいやばい」

俺は勢いに押されるようにパジャマを脱ぎ捨て、明日香に『ごめん、ただの寝坊。今から行きます！』とラインを送る。

支度をしようと服を脱ぎ捨てた時、スマホが震えた。

『Asuka：バカ！』

ストレートすぎる。

思わず口元を緩めて、俺は支度を再開する。

さっきよりも、ほんの少し忙《せわ》しなく。

◇◆

「なんで目覚ましかけてないのよ!?　このバカ！」

「ごめんって、次気を付けるから！」

「次なんてないわよ、先生に土下座しなさい！」

「厳しすぎない⁉　一応俺病み上がりなんですけど！」

高校への通学路を駆けながら、明日香《あすか》と言葉を交わす。

視界に流れる景色《けしき》がビュンビュン変わり、同時に息切れが激しくなってくる。

遅刻とはいえ朝方だ、元々はのんびり歩くつもりだった。

しかし明日香は地図アプリに指し示された待ち合わせ場所で、俺の到着をずっと待ってくれていたのだ。

その結果彼女も遅刻する事態になってしまい、申し訳が立たないので一緒に走っている。

だけど、そろそろ限界だった。

「明日香！」

「え？　なによ、急に立ち止まって！」

俺は膝が笑っているのを確認し、笑顔でガッツポーズを作った。

「登校は諦めよう！」

スパンッ！と頭がはたき落とされる。

「ふざけんな！　学校行かなきゃ何も始まらないでしょ！」

「だって走れないんだよ、体力の低下がえぐい！　絶対前はもっと走れてたはずなのに！」

頭を押さえながら言葉を返すと、明日香は押し黙った。

立ち止まった明日香も息切れ中で、肩が大きく揺れている。

スッと前髪をかき上げる明日香に、俺は恐る恐る質問した。

「俺、そんな黙っちゃうほど運動神経悪かったの？」

「違うわよ。……はあ、もういいわ。歩きましょうか、どうせ遅刻だし」

「こんなに走ったのに……」

「走りたいの？　歩きたいの？　どっちなの」

「休みたい」

「せめて進みなさいよ！」

明日香はまた叩《たた》かんばかりの形相だったが、今度は踏《ふ》み留《とど》まったらしい。

ついでに先ほどのことで謝罪もしてくれた。

「てか、頭叩いてごめん。ついね」

「あー、全然いいよ。ある意味叩かれて当然だしな」

「へえ、全然いいんだ。……叩いたら何か思い出したりしないかしら」

「俺の頭は昭和のテレビじゃないんだよ！」

「冗談よ」

明日香は肩を竦《すく》めて、身体《からだ》をグッと伸ばした。

「復帰初日で遅刻か～、先生に何て言い訳させようかしら」

「言い訳なんて必要か？　普通に寝坊でいいだろ」

「あんったねー、お忘れかもしれないけど世間じゃ遅刻は悪なのよ？　私だって高校上がってから殆《ほとん》ど遅刻してないんだから。遅刻すると登校するのダルくなるし」

明日香《あすか》は肩をぐるぐる回しており、何となく身の危険を感じた俺は数センチ距離を取った。だが杞憂《きゆう》だったようで、何事もなく歩を進めていく。

その代わり一歩進むごとに、足取りが何となく重くなっている気がした。

「うーん、言われてみれば確かに遅刻して学校に行くのってちょっと嫌だな。……うわ、なんかほんとに嫌になってきた。えっ足おも!?」

「仕方ないでしょ、あんたがアラーム掛け忘れたんだから！　ったく、どうやったらアラーム掛け忘れるのよ」

「明日香だって昨日タイマー掛け忘れて料理焦がしてただろ！」

「料理と一緒にすんな！　てか私ほんとは料理上手《うま》いんだからね！」

その割にはオムライスにあるはずの卵が縮れて真っ黒だった気がする。

しかし追及を続けると不機嫌になりそうだったので、俺は一旦辺りに視線を巡らせた。

先ほどまで走っていたのは川沿いの小道。

この通学路に関しては鮮明に覚えており、目を瞑《つぶ》ってもある程度歩けそうだ。

……本当に目を瞑ってみようか。

そう思案していると、不意に明日香が口を開いた。

「そういえば、皆《み》んなには言わない方がいいわよ」

「え？　何を」

思考を中断して訊《き》き返すと、明日香は呆《あき》れたように息を吐く。

「決まってるじゃない。あんたの記憶がすっ飛んだことよ」

俺は口を閉じた。

記憶について、前に俺が軽い調子で言及《げんきゅう》した時は「軽すぎるわ！」と怒っていたのに、ここ数日はすっかり慣れたものだ。

しかし、確かに明日香の言うことも考えておかないといけない。

「でもさー、記憶喪失って言ったら、先生に気遣ってもらえて成績に色つけてもらえそうだぞ？　それこそ遅刻許してもらえたり」

「理由が不純すぎるわね。それに、先生方はもう知ってるはずよ？　勇紀《ゆうき》が入院してから、学校には連絡がいった訳だし。だからこれ以上広めない方がいいって言ってんのよ」

「ぬあー、そうか」

最初はクラスメイトの顔を覚えるのに苦労するだろう。

だけど記憶喪失であることを露見させて、同級生の皆んなに気遣われる方が精神的にキツそうだ。

「なら、うん。言わなくてもいいかな」

できれば皆《み》んなには普通に接してもらいたいし。

周りから見れば俺は普通じゃないのだろうが、今の俺にとってはこれが普通であり、既に日常は始まっている。

余計な噂《うわさ》だけが一人歩きすれば、人間関係をどう左右するか不明瞭。幸い明日香《あすか》のサポートを得られる環境下であることから、最初から言う意義は薄そうだ。

「うん。そうしましょ」

明日香は俺の返事に小さく頷《うなず》いた。

「まだ五月半ばだし、クラスのグループもそこまで固まってないと思う」

「……グループかあ」

俺は静かに目を伏せた。

胸がぐるぐると重くなる。

足取りも、先程よりも更に重い。

退院時、身体《からだ》に異常は見つからなかったはずだ。

しかし学校という現実が明確な形として現れた今、気分は沈んでいき、溜息《ためいき》が出そうになる。

——不安なんだな、俺。

緊張しているのだろう。

頭でどれだけ考えたって、どれだけ笑ってみせたって、結局は学校に行くのが怖いのだろう。

俺自身、人と話すのは好きだと思う。

三人も彼女を作るくらいだ、それ自体は間違いない。

だけどそれは、明日香や看護師のように心を通わせた人に限る。

顔も知らない、覚えていない人間が、俺のことをどう思うか——人にどう思われるかが、怖いのだ。

「なー。やっぱり学校、明日からとかじゃダメか？」

「はい〜？　あんた——」

言いかけた明日香は戸惑ったように瞬《まばた》きして、口を閉じる。

そして上目遣いでこちらを窺《うかが》った。

蒼《あお》色の瞳が、発言の真意を探ろうと揺れている。

やがて明日香は、キツめの表情をふっと緩めた。

「……言ったでしょ？　あんたには私がいるし、私以外にも味方はいるわよ」

安心感を覚える柔和な笑み。

優しく諭すように、明日香《あすか》は言葉を紡いでくれる。

「事前に学校の人物相関図とか詳しく説明しようかなって考えてたんだけど、下手《へた》に先入観与えるのもいけないかなって控えてたの。不安なら、やっぱり説明しましょうか？」

「いや……どうしようかな」

「遊高《ゆうこう》――遊崎《ゆうざき》高校って、最近まで芸能科があった学校なの。その名残《なごり》でよく分かんない派閥とかもあるし、聞いてた方が便利だとは思うわよ」

「……いいや、俺の目で確かめる」

思わず掘り下げたい単語も出てきたけれど、まずは自発的な行動から知識を得たい。

記憶を失う前の在り方から導き出される思考回路かは定かではないが、無性にそう思った。

「そ。良かった」

心なしか、明日香の返事は少し嬉《うれ》しそうだった。

――以前の俺もそういう性質《たち》だったのかな。

風が吹く。

いつもより一段と強い風に、木々が踊るように揺れる。

しかし力強く茂った緑葉が枝から離れることはない。

人の在り方も、きっと。

「てか、なんでそういうの昨日までに教えようとしてくれなかったんだよ。俺がもし相関図を事前に把握しておきたくても、今の会話がなきゃ聞く時間なかっただろ」

単純な疑問だったのだが、明日香は痛いところを突かれたという顔をした。

一瞬でいつもの顔に戻ったけれど。

「まあ……私にも色々考えがあるのよ」

「ふーん。ほんとは？」

「忘れてた」

「……意外と抜けてるよな、お前」

俺が小さく笑うと、明日香は不満そうに唇を尖《とが》らせた。

◇
◆

学校の中は自宅や通学路と同様、殆《ほとん》どの記憶が残っていた。

廊下を移動している際は、景色《けしき》が変移するたびに既視感を覚える。

色褪《いろあ》せた景色が、次々に彩《いろど》りを取り戻す感覚。

まだ朧《おぼろ》げな彩りではあるものの、時間が経《た》てばより鮮やかになってくるはずだ。

明日香と一緒に、教室の近くに辿《たど》り着《つ》く。

東校舎二階。階段に最も近い教室が、かつての俺がいた二年三組だった。

「じゃ、私はここで抜けるわ」

「えっなんで⁉」

「私、隣の二組だからね。頑張んなさい、昼休みにラインしてあげるから」

「ちょっ――」

止める間もなく、明日香《あすか》は二組の教室に消えて行った。

てっきり同じクラスだと思っていた俺は、誰もいない廊下を呆然《ぼうぜん》と眺める。

隣のクラスなら、もっと前に言っておいてほしかった。

一旦俺は、教室の窓から誰にも見られないように、中腰の体勢になる。

ドクン、ドクン。

唐突に訪れた危機に、自分の心臓が早鐘のように鼓動しているのが分かる。

……俺一人。

教室に入るのは、俺一人。

派閥があるような学校だ。

いざ挨拶するとなると身体《からだ》が些《いささ》か強張《こわば》ってしまう。

全員が初対面同士の環境ならいざ知らず、俺だけ初対面の環境では全く話が違う。

「転校生ってのはこういう気持ちなのかね……」

思わずそう呟《つぶや》いた。

俺の場合クラスメイト側は覚えてくれているので、転校生の方が過酷な状況に違いない。

全国にいる転校生には頭が下がる想《おも》いだ。

……何にせよ、まずは挨拶。

この挨拶への反応で、俺のクラスでの立ち位置は大方把握できるはず。

だからこそ怖い瞬間なのだが、いつまでもこうしていては埒《らち》が明かない。

俺はスックと腰を上げる。


——南無三《なむさん》！


意を決して、音を鳴らしながら扉を開けた。

教室に入ると、一人、また一人とこちらに反応を示す。

視線が次々と俺の身体に降り注ぐ。

全身にクラスメイトの視線を感じながら、俺は大きく口を開いた。

「おはようございます！」

開口一番、大きな声でのご挨拶。

さあ返ってこい、元気な挨拶！

「…………………」

……誰からも返ってこない。

嘘《うそ》だろ、おい。

まるで時間が止まったようだ。

俺が発した挨拶、誰にも届いていない説。

そう思ってしまうほど、一人たりとも声を上げない。

今朝《けさ》の不吉な夢が脳裏を過《よぎ》り、拳をギュッと握り締める。

……仮にも久しぶりの登校だし、友達がいれば誰かが軽く声掛けしてくれるくらいの気遣いがあるって思っていた。

しかし、現状誰も助け船を出してくれる気配がない。

誰かいないかと、素早く視線を巡らせる。

まず目が合ったのは、窓際の最前列に座る女子生徒だった。

燃えるような赤髪のツインテールに、菫色《すみれいろ》の瞳。

高い鼻筋に、大きくも吊《つ》り上《あ》がった目は二メートルほどの距離からでも印象的だ。

先程明日香《あすか》は「派閥がある」と言っていたけど、もしそれが本当ならその筆頭になっていそうな外見だった。

教室内でダントツ目立つ赤髪女子に、俺は無言で助けを求める。

赤髪女子が怪訝《けげん》な表情を浮かべた。

「……？　何見てるのよ」

抑揚のない声色で言葉が紡がれる。

――鬼の塩対応。

もうちょっと優しい対応を期待してたんですけど。

あからさまな塩対応で、少なくとも久しぶりの登校をしてきた友達に対する反応ではないことは明白だ。

だからといって、今この教室には頼れる人間がいない。

何故《なぜ》か先生は未《いま》だに教室におらず、クラスメイトたちは無言でこちらを見つめるばかり。

一度話しかけたんだし、こうなったらもう開き直るしかない。

俺は早足で赤髪女子に近づき、目の前に立つ。

呆然《ぼうぜん》としている赤髪女子の前に屈《かが》み、小声で話しかけた。

「おはよう。ひ、久しぶり」

「……」

「が、ガン無視……？」

「……いや、ゴメン。……おはよう？」

なんだその間《ま》。

まるで〝こいつ私と喋《しゃべ》るんだ〟というような。

……もしかして俺、この教室に友達が一人もいなかったのか？

友達の少ない人間が急にリーダーポジションの女子に話しかけたから、カースト格差で硬直させてしまったのか。

色々と予想外、予想外だ。

てっきり自分を朗らかな性格だと捉えていたので、普通に友達がいるはずだと高を括《くく》っていたのに。

だけどよくよく考えてみたら、三人に彼女を名乗られる高校生は普通じゃない。

いや、だからこそ友達がいると確信していたのだけれど——にしても、明日香《あすか》が人間関係についての事前説明を省いていた理由が分かった気がする。

語るほどの人間関係が無かった。

不本意ながら、その可能性は非常に高い。

三人の彼女を作っておきながらどういうことだと思うが、三人も彼女を作る奴《やつ》の人格なんて分かるわけない。

三人の彼女を作ったばかりに、他の人間関係を疎《おろそ》かにした可能性だってある。

しかしまだどれも可能性の域を出ないし、そういったマイナスの結論にならないことを祈るしかない。

それより直近で問題なのは、自分の席が分からないということだ。

困ったことに席が三つ空いており、どちらにせよ誰かに訊《き》かないといけない。

「あ、あのさ。俺、今日から君の友達になりたいんだけど……」

そう言うと、それまで静まり返っていた周囲が少しざわついた。

赤髪女子はほんの僅か眉根を寄せたものの、やがてあっさり返事をする。

「……いいよ。よろしく」

「よ、よろしく！」

ガバッと頭を下げる。

見た目は少しキツそうだったけど、良《い》い人そうで良かった。

おかげでようやく本題を切り出せそうだ。

恐らく小声にする意味はないが、羞恥心から自然に声が小さくなる。

「なあ、俺の席ってどこだっけ……」

「え？」

赤髪女子が目を瞬《まばた》かせて、すぐに納得したらしく頷《うなず》いた。

「ああー……そっか、席替えしてから来てなかったもんね。ていうか、クラス替え初日からいなかったっけか」

赤髪女子の発言に、俺は目を見開いた。

……高校二年生になってから一度も登校していなかったのか。

それなら周りの反応にも納得だ。

間抜けな話だが、自分がいつから登校していないか明確な時期を明日香《あすか》から訊《き》いていなかった。だとすれば、彼女の名前を訊くのも然程《さほど》不自然ではないだろう。

「俺、真田勇紀《さなだゆうき》っていうんだ」

「へえ」

赤髪女子は短く答え、口を閉じる。

沈黙。

沈黙ってまじか。

緊張しながら言葉の続きを待つ。

まさか自己紹介の返事が二文字ということはないはずだ。ないはずだろ？　頼むよマジで。

無言の待機に何かを察したのか、赤髪女子は再度《さいど》口を開いた。

「……下の名前は初めて知ったわ。私、夢咲陽子《ゆめさきようこ》」

狙い通り、彼女は名前を教えてくれた。

「夢咲陽子さんかー」

改めて見つめると、颯然《そうぜん》とした美しさだ。

吊《つ》り上《あ》がった目という第一印象はメイクによるもので、瞼《まぶた》には真紅のアイシャドウが施されている。

素の美麗さを洗練させた瀟洒《しょうしゃ》たる容姿がゆえに、少し身構えてしまうところがある。

しかしそれは同時に頼もしさでもあり、堂々とした佇《たたず》まいはクラスのリーダーに似合いそうな印象でもあった。

三人の彼女がいることを知ったら、真っ先に糾弾《きゅうだん》してきそうな人だ。

「ジロジロ見ないで？」

「ごめんなさい！」

俺は再度頭を下げる。

教室という箱に数十人の生徒が集まると、リーダーポジションが現れるのは道理。

仮に夢咲さんがリーダーだったとしたら、嫌われてしまっては非常に困る。

本当にリーダーだったらの話だが——

その疑問への答えは、一瞬で返ってきた。

夢咲は手に持っていたシャーペンを机に置いて身体《からだ》を後ろに傾けたのだ。

「皆《み》んな、真田《さなだ》君がよろしくだってー」

「えっ」

最前列の席から放たれた一言。

無造作な仕草から出てきた掛け声に、俯《うつむ》いていた殆《ほとん》どの生徒がこちらに顔を向ける。

思わず立ち上がって姿勢を正した俺に、夢咲《ゆめさき》の隣に座る男子が吹き出した。

「めっちゃ姿勢いいじゃん。真田、よろしく～」

その返答を皮切りに、皆んな次々に口を開く。

「よろしく！」「俺らの担任湯川《ゆかわ》だよ、アタリだ」「このクラス良《い》いぞ～」「よろしくお願いします」「ま～す」

ノートを書く手を止めて、皆んな想《おも》い想いの挨拶をしてくれる。

「お願いします！　よろしく！　よろしくです！」

俺はリーダーに嫌われていなかったという安堵感《あんどかん》から、一人一人に元気な挨拶を返す。

やはりと言うべきか、皆んなから久しぶりの友達に向けるような挨拶はない。

悲しいかな、友達がいないという推測は間違っていなかったようだ。

しかし特別悪い印象を持たれている訳でもなさそうなのが幸いだ。

「意外と親しみやすくない？」とか、「結構明るい」みたいなプラスの反応が聞こえてくる。

表情の明るい生徒が多い気がするし、クラスの雰囲気も悪くない。

内心胸を撫《な》で下《お》ろしていると、夢咲《ゆめさき》が俺の腰骨あたりをトントンと叩《たた》いた。

「真田《さなだ》の席はここ。私の斜め後ろで、高尾《たかお》の後ろ。高尾は今さっき、真田に姿勢いいじゃんってイジッてきたこいつね」

「いじってはないって！　違うからな！」

高尾と呼ばれた男子が抗議の声を上げる。

ツーブロックで制服を着崩している彼は、クラスのムードメーカーだろうか。

顔がちょっと強面《こわもて》だけど、実は優しい人間だと見た。

夢咲は高尾の抗議を全く気に留めず、細長い指を後ろにズラした。

指し示された場所を確認しようと、俺は踵《かかと》を上げる。

夢咲の後ろの席には、アッシュブラックの頭がうつ伏せになっていた。

「あと、有栖川《ありすがわ》さんの隣でもあるね」

——今なんて言った。

「え、有栖川？」

唐突に出てきた耳馴染《なじ》みのある名前に、俺は思わず訊《き》き返す。

夢咲は頷《うなず》いて、「仲良いっしょ？」と言った。

仲が良い。

口が裂けてもこの場で彼女なんて言えないけれど、仲が良かったこと自体は間違いではないと思う。彼女なんだし。

というか有栖川は同じクラスだったのかよ、言ってくれよ。

そう思考を目まぐるしく巡らせていた時、後ろからバタバタと足音が聞こえてきた。

振り返ると、先生が教室に飛び込んでくるところだった。

服装は上下揃《そろ》ってグレーのジャージ。

ロングでパーマの髪を後ろに束ねる、女性の先生。

年齢は二十代後半くらいだろうか。お世話になった看護師と同年代という印象だ。

「ごめん、お待たせ――って、あ！」

先生は俺の姿を視認すると、若干焦ったように口を開いた。

「真田君！　ごめんね、今忘れ物取りに行ってて……久しぶりの登校は大丈夫だった？」

「は、はい。あの、長い間休んですいませんっ」

「元気になったのね。じゃ、君は有栖川さんの隣。そこの空いてる席に座りなさい。有栖川さん。有栖川さん！」

先生が忙《せわ》しなく名前を連呼する。

俺はアッシュブラックの頭頂部に視線を送ったが、唯我独尊カノジョはどうやらグッスリ寝ているらしかった。

「有栖川《ありすがわ》！」

先程よりも張りのある呼び声に、有栖川の頭頂部がビクリと動く。

そして有栖川の机の下から「むぁ」というくぐもった声が聞こえた。

いかにも眠そうに目をしょぼつかせながら、有栖川紗季《さき》が上体を起こす。

有栖川はどうやらかなり深い眠りについていたらしい。

寝起きなのにとんでもない美人がそこにいた。

「有栖川さん。おはようございます」

先生の挨拶に呼応して、有栖川の口角がニコリと上がる。

そして、軽快な声が返ってきた。

「おはよー先生。良《い》い夢見れたよ」

病室にいた時と変わらない、せせらぎのような声。

こともなげな返事に、クラスメイトの一部がクスクス笑う。

たったそれだけのやり取りに、俺は確信した。

このクラスのリーダーは恐らく、赤髪のツインテールを揺らす夢咲陽子《ゆめさきようこ》。

しかし最も注目を浴びる存在は――

「……あれ、勇紀《ゆうき》君もいるじゃん。今日休むんじゃなかったんだ？」

クラスが再びシンとなる。

有栖川との会話を、誰も邪魔できないというように。

異様な雰囲気に飲まれ、俺は上ずった声で言葉を返す。

「いや、誰も休むとか……」

「ふうん？」

病室では刺激が強いと思っていた声色だった。

しかし教室という場で聞く彼女の声色には、些《いささ》か異なる印象を受ける。

それは男波女波《おなみめなみ》が打ち寄せる中で、川のせせらぎが聞こえるような。

微《かす》かなせせらぎを聞こうと集中すれば、波の音たちが意識の外へ追いやられるような。

「勇紀君の席、私の隣だよー」

特に大きな声を発した訳ではない。

しかしフリフリと手を振る有栖川には、この教室でたった一人隔絶されたかのような別格の存在感があった。

アッシュブラックの髪色も、黒色が大多数な教室の中では思《おも》いの外《ほか》目立つ。

しかし有栖川の存在感を強めているのは髪色ではない。髪色だけなら、目下に座す夢咲が圧倒的だ。

有栖川《ありすがわ》の声は耳に響く。有栖川の一挙手一投足は不思議と目を惹《ひ》く。

無意識に興味をそそられ、気付けば五感で追っている。

そんな魅力を有栖川紗季《さき》は秘めている。

……こんな存在が彼女なんて。

こんな存在も彼女だなんて。

バチ当たれ、俺。いや当たったのか。

「ほら、真田《さなだ》君。自分の席について」

「は、はい」

先生に急《せ》かされるように、俺は自分の席に歩を進める。

……現状、このクラスに友達は殆《ほとん》どいない。

だけど夢咲陽子《ゆめさきようこ》を含め、この二人を味方につけたら学校生活には百人力か。

俺は有栖川の隣に赴く途中に立ち止まり、夢咲に視線を移した。

「あ、ありがとう。これからよろしくお願いします」

「何回よろしくすんの。また後でね」

夢咲は小さく笑って、あっさりノートに視線を落とした。

そのノートは一瞬見ただけでも要点が纏《まと》められているものだと判《わか》り、普段から真面目《まじめ》に授業へ取り組む夢咲の姿勢が垣間《かいま》見える。

着崩した制服やメイク、多少適当にも思える口調を考慮すると少し意外だった。

これから、沢山の意外があるのだろう。

だけどあれだけあった不安は少し払拭《ふっしょく》された。

教室で最初に言葉を交わしてくれた夢咲。

登校日前にお見舞いに来て、二人目に彼女を名乗った有栖川。

二人の存在に思考を巡らせながら、俺は自分の席に腰を下ろした。

窓際から二列目、前から二番目。

ここが、真田勇紀《おれ》の席。


——どっちにしても、やっと学校に来たんだ。

何も分からない故《ゆえ》の不安が、意外といけそうだという期待感へ変移していく。

鞄《かばん》の中を弄《いじ》り始めた俺に、有栖川は明るい声色で話し掛けてきた。

「久しぶりなのに遅刻なんて、やるね君」

右隣に目をやると、有栖川はこちらに小首を傾《かし》げて頬《ほお》を緩めていた。

「わ、わざとじゃない。寝坊しただけだ」

「そっかそっか。有望だね」

有栖川《ありすがわ》がクスクス笑いを溢《こぼ》すと、前から鋭い声が飛んでくる。
「そこ、私語は慎んで。話をするなら後にしなさい」
「はーい先生」
有栖川は和やかな笑顔で手を上げる。
一時間目は国語の時間。俺は鞄《かばん》から取り出した準備物を、机の上にザッと並べる。
教科書を開いて、筆箱からシャーペンを取り出す。
真っ白なノートは、俺自身の記憶のよう。
名前と日付を書き込んで、黒板の文字を写し始める。
……ここからだ。
今日からここに書き足していけばいい。
俺は決意を新たにして、意識を授業に集中させた。

五話　隣の席の有栖川

あっという間に四時間目までの授業が終わり、昼休みの開始を示すチャイムが鳴る。
記憶の刺激される音。
俺は確かにこの学校に通っていた。
人を覚えていなくても、そう確信できるのはホッとする。
この調子なら、少しずつ記憶は戻っていきそうだ。
チャイムの余韻に浸りながら、俺はスマホをポケットから取り出した。
すると、二つの通知が届いている。
『hina：先輩、今日ちゃんと学校に来れてますか？』
『Asuka：調子どう？』
心配させすぎだろ、俺。
一旦心配を払拭《ふっしょく》するために、二人に返信をし始める。
まずはひなへの返信だ。

『Yuki：ありがとう、遅刻したけど何とか到着した！』

暫《しばら》く待ったが、既読マークはつかない。

二百件ラインを送ってきた割に、意外と普段は控えめらしい。

次は明日香《あすか》への返信だ。

『Yuki：授業終わったー！　調子はふつう！　今から昼休みだな！』

すると、今度はすぐに既読マークがついた。

『Asuka：元気か笑　調子良さそうでなにより笑』

『Yuki：だから普通だって！　昼休みどうする？』

『Asuka：あんたはどうしたいの？』

『Yuki：帰りたい！』

『Asuka：その選択肢だけはないわよ』

冷静なツッコミに口元を緩ませる。

文字のやり取りでツッコまれると、中々シュールだ。

この調子でお昼休みも一緒に過ごせれば、楽しい時間になるだろう。

しかし、明日香は別のことを考えているらしかった。

『Asuka：今日はクラスの人たちとお弁当食べたら？　クラス替え以来の登校だし、記憶云々《うんぬん》除いてもクラスの人とは馴染《なじ》まないと』

『Yuki：え、まじか!?　めっちゃ不安なんだけど、初日は明日香に色々教えてもらえる特典とかないのか』

『Yuki：つーか、明日香が隣のクラスってのも今日知ったしな！』

『Asuka：それはゴメン』

『Asuka：お昼食べながら色々教えるのは全然いいんだけどさ、あんたそーいうのは自分の目で確かめるんじゃなかったっけ？』

その一言に、忙《せわ》しなく画面に走らせていた指を止める。

……そうだな。

明日香に教えてもらうより、まずは自分で。

『Yuki：そうするわ。ありがとう、出陣してきます』

『Asuka：いってら！笑』

俺はスマホをポケットにしまい、決意と共に顔を上げる。

自分の目で、教室の人物相関図とやらを確かめる。

そのためには行動あるのみだ。

「スマホいじっちゃいけないんだぞぉ」

「うおあ!?」

有栖川《ありすがわ》が隣の席から身を乗り出してきた。右手には何故《なぜ》か棒キャンデイが摘《つ》まれている。

甘い匂いが近くなり、俺は俊敏に後方へ避難した。

有栖川《ありすがわ》はその様子を目をパチクリさせて眺めた後、ふっと口元に弧を描く。

薄ピンクの唇が艶《つや》やかで、男子の心をドキドキさせる。病室でのキスが脳裏を過《よぎ》った。

「勇紀《ゆうき》君、なんで今日遅れたの？　しっかり朝ご飯食べたいタイプ？」

「いや、いや。全然全然違うけど」

俺はブンブンかぶりを振って言葉を返す。

すると、有栖川《ありすがわ》は小首を傾《かし》げた。

「何かビビってる？」

「ビビってない！　言っただろ、寝坊しただけだって！」

俺は弾《はじ》かれたように自分の席に戻り、教科書を机に収納する。

有栖川はおもむろに腰を上げて、俺の片付けを妨げるような距離に接近した。

「えーほんとかなぁ」

「近い近い近い」

「ふふ。気になるなあ、私も遅刻しようかなぁ。そうだ、明日一緒に遅刻しない？　ちょうど今日スタバの新作出たんだ、飲もうよ」

「無理だわ、俺既に出席点とかやばいんだから！」

高校生にあるまじき誘いへ即座に断りを入れて、俺は素早く辺りを見回した。

有栖川の挙動に、周りの反応は様々だ。

熱い視線を投げる男子や、和やかな笑みを浮かべる男子。

お弁当を食べながら雑談する女子、一人で読書中の女子。

主に男子たちの反応が素直すぎる。

しかし同じクラスで一ヶ月《かげつ》も過ごしていればさすがに慣れもあるのか、こちらに視線を向けていた男子たちもすぐに各々《おのおの》の会話へ戻っていく。

皆《みな》んな授業終わりの目の保養をするのが日課になっているだけのようだ。

ひとまず、嫉妬の炎で殴りかかってくる男子がいないようでホッとした。

いや、記憶を失う前に殴りかかられるべきだったけど。

そう思った俺が、辺りに巡らせていた視線を前方に戻した瞬間だった。

夢咲陽子《ゆめさきようこ》と視線が交差する。

夢咲はふとした瞬間にこちらを見ていたようで、偶然目が合っただけ。

それなのに俺は視線を逸《そ》らすことができなかった。

一旦朝方のことについてお礼を言おうと、口を開く。

「夢咲、朝はありがとうな」

「……」

「……ガン無視？」

「ううん。どいたま」

夢咲《ゆめさき》はスックと立ち上がり、お弁当箱を片手に教室から出て行ってしまった。

「あれ、やっぱ俺嫌われてる……？」

まだ何もしていない気がするんですけど。

でも見ようによっては、皆《み》んなの注目を浴びる中で友達宣言をさせるのは嫌われる理由として事足りるかもしれない。

クラスのリーダーポジションであろう人間から嫌われた疑惑はダメージが大きく、落ち込みまくっていたらチョイと袖を引っ張られた。

振り向くと、有栖川《ありすがわ》がこちらを見上げている。

「じゃ、行こっか」

「へ？　どこにだ」

「決まってるじゃん、お昼ご飯だよ。はい、お弁当持って」

有栖川は俺の鞄《かばん》から弁当箱を引っ張り出し、口角を上げる。

俺は自分の弁当箱に視線を落として、思案した。

——丁度いい。

俺も有栖川には、色々と訊《き》きたいことがある。

様々な噂《うわさ》が流れていそうな有栖川だからこそ、自分の目で確かめられるチャンスは復帰初日の今しかない。

俺は素直に頷《うなず》き、有栖川から弁当箱を受け取った。棒キャンディは断った。

◇◆

弁当箱を片手に、廊下を進む。

赤色の上履きは二年生の証《あかし》。その二年生たちは、皆んなすれ違いざまにチラリと俺たちに視線を向ける。

やがてすれ違う生徒の上履きは青色に変移した。

「青色の上履きって何年生なんだっけ？」

「んー、一年生じゃなかったかな。分かんないけど」

「なんで分かんないんだよっ」

仮にも二年生まで在学しておいて、信じられない発言だ。

しかし発言の主が有栖川だったら納得しそうになるのが恐ろしい。

きっと周りに興味がないんだろうな。

これだけ際立った容姿を持つ女子だ。

自分が興味を持たずとも寄ってくる人は絶えず、寄ってくる人への興味だけでリソースを削られているに違いない。

……全員に興味ない可能性もあるけれど。うん、全員に興味ない方が有栖川らしい気がする。

興味がないからこそ彼氏が彼女を三人も作っている状況も難なく受け入れてると考えたら、不思議としっくりきた。

まだロクに話していないにもかかわらず、勝手な解釈かもしれないけれど。

そう考えながら渡り廊下を移動して、東校舎から南校舎へ移る。

外へ出て螺旋《らせん》階段を登っていくと、視界に屋上が現れた。

扉にはしっかり南京錠《なんきんじょう》が掛かっており、進むことはできない。

しかし柵の手前は小さなスペースになっており、二人なら何とか座れそうだ。

有栖川がスペースに腰を下ろして、階段にプランと足を投げ出した。

隣に促されて、俺は思わず口を開く。

「なあ、こんな人気《ひとけ》のない場所で誰かに見られたらさ」

「大丈夫だよ。元々私たち、仲良かったもん。それにここは明日香《あすか》さんも来ないし」

〝誰か〟の指し示す対象が〝彼女〟であることを察しているのか、有栖川はそう付言した。

「でも……そんなの確信できるか？」

「うん。此処《ここ》は私たちの巣だからね」

「変な言い方やめろよ！」

俺はそうツッコんで、視線を横に逸《そ》らす。

四階からは運動場が一望できるが、それ以上のものは見えない。

住宅街の屋根が少し見えるくらいで、景観としてはマンションのベランダの方が良い。

しかし、この微妙な景観には見覚えがあった。

有栖川と通っていたかは定かじゃないが、俺が此処に来ていたことは本当のようだ。

「ね。学校は慣れた？」

「聞くの早くない？　まだ登校して数時間しか経《た》ってないんだけど」

「順応力ないなぁ」

「あなたの基準がバグってるだけでは……」

「そんなことないもーん」

有栖川は制服のリボンを緩めて、首元をパタパタ扇《あお》いだ。

黒の下着が見え隠れして、俺は咄嗟《とっさ》に目を逸らす。

しかしそれでは些《いささ》か不自然に映りそうなので、座る場所がないか探すフリをした。

この狭いスペースでは座れる場所は限られており、俺は結局有栖川の隣に腰を下ろす。

有栖川は「ふふ、ようこそ」と俺の太ももをツンと突《つつ》いた。

甘い香りが鼻腔《びこう》に入り、俺は目を瞬《まばた》かせる。

「有栖川《ありすがわ》、なんで俺をお昼に誘ってくれたんだ？」

「えー、変な質問。彼女だからじゃダメなの？」

「ダメ。彼女が三人いる時点で、なんかダメ」

「そっかー、困っちゃったな」

然程《さほど》困っていなさそうな声を出し、有栖川は小首を傾《かし》げる。

「じゃあ君のお世話係だから、かな？」

「お世話係？」

オウム返しをすると、有栖川は「ぐっ！」と言って親指を立てた。

悔しいけれど、その仕草や発言一つ一つがとても可愛《かわい》い。いやそうじゃなくて。

「先生からも頼まれてたしね。でもやっぱり、私が君と一緒にいるのはそんなの関係ないかも。君じゃなかったら断ってたし」

有栖川は目尻を下げる。

……このままじゃ危ない。

何が危ないかというと、心を乱されそうで危ない。

俺は返答に窮し、何とか言葉を絞り出した。

「た、食べようぜ？　ささっとさ。できるだけ超特急で」

「えー、忙《せわ》しないなあ。さては照れたな？」

「照れてない！」

「ぷ、そういうことにしといてあげよ」

有栖川はそう言いながらも素直に応じて、手を合わせる。

彼女の「いただきまぁす」という気の抜けた挨拶にも、何度か聞いたような馴染《なじ》みがあった。

……本当に仲が良かったんだな、俺たち。

「ぱかり」

有栖川が明るい声とともに弁当箱を開けると、豪勢な中身が露《あら》わになった。

弁当の中身なんてどの生徒も変わらないようなイメージだが、有栖川のそれはどれも煌《きら》びやかだ。

しかし一線を画しているのは食材よりも、弁当箱そのものである。

八角形の弁当箱は木で作られており、中は四つの菱《ひし》形の木箱で仕切られている。

俺の弁当箱はプラスチック。

木箱の隣に並べると、何だかちゃちに見えてしまう。

そして弁当箱の蓋を開けると、自ら作った素人《しろうと》丸出しのおかずたち。

冷凍食品も交ざっており、とてもじゃないが有栖川の弁当とは比較したくもない。

明日香《あすか》は「お弁当作ってあげようか？」と提案してくれたが、黒焦げのオムライスで不安になっていた俺は昨日自分で作ってしまったのだ。

料理している最中は、出来る事が増える感覚もあって愉《たの》しかった。

だけど今、それをほんの少し後悔し始めている。

出来栄えから思うに、市販のお弁当にしていた方が良かったかもしれない。

「いただきっ」

「うお!?」

唐突に横からお箸が伸びて、冷凍食品の焼売《しゅうまい》が掻《か》っ攫《さら》われた。

有栖川《ありすがわ》は制止する間もなく焼売を口に放り込み、咀嚼《そしゃく》し始めた。

「ふふ、冷たーい。これ冷凍食品だ?」

「そ――そうだよ！　焼売なんて、自分で作れないし。こちとら焼売が食べたかったら冷凍食品しか選択肢がないんだ！」

「これも貰《もら》おっと」

つまらない言い訳に全く耳を貸さない有栖川は、今度は牛肉を掻っ攫う。

冷凍食品の並びに交じった牛肉炒《いた》め。スーパーで買った半額の牛肉を、焼肉のタレと一緒に炒めたものだ。

「うん、美味《おい》し。これは勇紀《ゆうき》君の味がするね」

「く……お世辞はやめろって。そんな豪勢な弁当食べてる人が、半額の牛肉美味しく感じ

るかっての」

「捻《ひね》くれちゃんめぇ」

「ふごがぁ⁉」

急に両頬《りようほお》を鷲掴《わしづか》みにされて、俺は階段からずり落ちそうになる。

何とか弁当箱は守って、俺は抗議した。

「な、なにすんだ！　弁当溢《こぼ》したらどうすんだよっ」

「大切なんでしょ？　そのお弁当」

「え？」

「これ、君が料理したんだよね。君自身の残した成果。……それって大切じゃん？　君の大切なものだから、美味《おい》しく感じる。だから全然お世辞じゃないよ」

有栖川《ありすがわ》はそう言って、豪勢なお弁当箱から唐揚げを取り出した。

「この数個分の価値はあるね。等価交換だ、受け取り給《たま》え」

……あれ、何かちょっと嬉《うれ》しいな。

今の自分を肯定してくれるような言葉に、素直に喜びたくなってしまった。

「あ……ありがたき幸せ。でも弁当大切なのは当たり前だろ、昼ご飯なんだから」

俺が弁当箱を差し出すと、有栖川は「そうとも言う～」とクスクス笑いながら唐揚げを三個入れてくれた。

……照れ隠しの返事も大らかに受け入れてくれる。

有栖川、心の余裕が凄《すご》いな。

三人の彼女という状況を受け入れているのも、その在り方が影響しているのか。

「有栖川、大事なこと訊《き》いていいか？」

「なぁに？」

「有栖川って、ほんとに俺のこと好きなのか」

その質問に、有栖川は目をパチクリさせた。

「ん、好きだよ？　どうしたら百パーセント信じてくれるのかな」

「いや……そうだな……」

返事の内容が纏《まと》まらずに思案していると、有栖川は小首を傾《かし》げた。

「エッチする？」

「バカ、冗談でもやめろよ！」

「冗談じゃないもん。私たち付き合ってるんだよ？」

有栖川は口角を上げて、上目遣いを続ける。

アッシュブラックの髪が靡《なび》いて、彼女の耳元を露《あら》わにした。

大きな瞳がこちらを覗《のぞ》き、彼女の世界に吸い込まれるような感覚になる。

「……し——したことあんの？」

「それは君とって意味？」

「う……ん」

歯切れの悪い返事に全て察したのか、有栖川《ありすがわ》は口元に弧を描いた。

「まだないよ。だからこそ信じてもらえるかなって思ったの」

前の俺、手を出していなかったのか。

正直めちゃくちゃホッとしたけれど、それと今焦らないこととは話が別だ。

「……そ、そんなの……いや、でも」

しどろもどろになっていると、有栖川は更に続けた。

「実際にシたら、ちゃんと分かると思うよ。これぱっかりは断言できないけど」

有栖川は「出たらいいなぁ」と付言して、俺の様子を窺《うかが》ってくる。

長い睫毛《まつげ》が思慮深く揺れている。

「そんなあっさり言って……怖くないのか」

「うん、愛情が勝つ」

俺は口を閉じる。

いけないと分かっているのに、赤面しているのが自分でも分かった。

「ふふ、可愛《かわい》い」

「やめてくれ、あんまり見るな」

これ以上有栖川を直視できなかった俺は、弁当箱に視線を落とす。

今の俺が、彼女を好きかは分からない。

だけど嬉《うれ》しいことを言われているという自己認識は明確に存在していた。

「……なあ、なんで俺が好きだったんだ？」

「えー？　照れちゃうなぁ。さては照れたいんだね？」

有栖川はクスクス笑いを溢《こぼ》してから、晴天に視線を流した。

「私に興味なさそうなところかなぁ」

「……興味なさそうだから好きになるのか？」

先ほど俺は、有栖川に対して人に興味がなさそうだという感想を抱いた。

その答えが返ってくる気がして、耳を澄ませる。

有栖川はコクリと頷《うなず》いた。

「なるよ。ほら、私って三大派閥だし。世間的には割と有名人だし。周りには私に好意持ってる人とか、悪意持ってる人とかばっかりだし。私に興味自体がない人って全然いないの」

有栖川は恥ずかしげもなく、まるで唄《うた》うかのように言葉を紡ぐ。

「変な目で見てくる割に、丁重に扱ってくれるし。でも君は、私のことけっこーゾンザイに扱うの。もうそれが気持ち良くって」

「へ、変な理由だな……恋愛ってそういうもんなのか？」
「ふふ、そういうもんです」
有栖川《ありすがわ》は初めてほんの少し恥ずかしそうな笑みを浮かべて、食事を再開する。
俺もそれに倣《なら》って、頂いた唐揚げを口に放り込む。
噛《か》んだ瞬間に肉汁が口内で躍り始め、高級そうな味に俺は舌鼓《したつづみ》を打つ。
太陽は照る。
温かい胸中に呼応するような春風が吹いて、平和な時間が過ぎていく。
有栖川の周りには、やはり人が寄ってたかるようだ。
以前の俺は、それと真逆《まぎやく》だったということか。
記憶を失う前の自分に思いを馳《は》せながら、弁当を半分ほど食べ終える。
俺は寂しくなってきた弁当から視線を上げて、横を見る。
有栖川がこちらに視線を返し、俺の体は硬くなる。
緊張を誤魔化《ごまか》すように、俺は気になっていたことを訊《き》いた。
「なあ、そういや三大派閥って言ってたよな。それって何のことだ？」
病室でチラリとその文言《もんごん》があった時はさして気に留めなかったけれど、明日香《あすか》によると
この学校の人間関係には派閥があるらしい。
三大と宣《のたま》うからには勢力争いみたいなものがありそうだし、自らを女王様と言ってのけ

た彼女に訊いておきたい。

「あれ、明日香さんから説明なかったの？」

「うーん、誰かに自発的に質問しようと思って、聞くのやめたんだよな。有栖川に質問するなら、正直あんまり意味なかったかもだけど」

「意味ないなら教えなーい」

「ごめんなさい！」

失言に思わず頭を下げると、有栖川はクスクス笑った。

冗談のようで、俺は胸を撫《な》で下《お》ろす。

「えっーとね。私、夢咲《ゆめさき》さん、明日香さん。まずこの三人が、それぞれの派閥の筆頭なんだけど……」

「は、明日香も!?」

驚いて弁当を落としそうになる。

夢咲陽子《ようこ》は何というかイメージ通りだが、明日香は派閥とやらとは無縁だと思っていた。だけどよくよく考えてみれば明日香の容姿は人目を惹《ひ》くし、言動だって堂々としている。

……何ら不思議じゃない。

本人から事前説明があったら、割とすんなり受け入れられるような話だ。

「派閥って言われてるだけで争いがある訳じゃないし、あんまり説明するところはないかな」

「なんだ、そうなのか。良かったー荒れてなくて、喧嘩《けんか》ばっかりだったらどうしようかと!」

「ヤンキー高校じゃないからね」

有栖川《ありすがわ》は頬《ほお》を緩めて、海老《えび》をペロリと平らげた。

その様子を見ながら、俺はもう一つ訊《き》くことにする。

有栖川が学校内で有名人であることは想像に難《かた》くないが、先程の世間的に有名という文言《もんごん》が気になったのだ。

「あと一ついいかな」

「ひぃよ~」

「有栖川って、有名人なのか?」

連続の質問に嫌な顔ひとつ見せなかった有栖川が、目を大きく見開いた。

そして頬張っていたものを嚥下《えんげ》した後、素《す》っ頓狂《とんきょう》な声を上げた。

「え、もしかして今知ったの? 私言ってなかったっけ!」

「い、言われてないけど。有名人って、世間からってニュアンスだったよな?」

俺が訊くと、有栖川は自身のポケットを指し示す。

意図を測りかねていると、「スマホ取って」と端的に言われた。

「いや、自分で取ってくれよ」

「両手塞がってるもん。ほら見て、お箸とお弁当ぉ」

有栖川は両手で示してみせた。

そんなもの太ももに置けと言いたいところだが、それに対しての返答も用意されている気がする。

仕方なく、俺は手を伸ばした。あくまで仕方なくだ。

「し、失礼します……」

「きゃーエッチ」

「昭和の反応かっ」

「こんなに透き通る肌なのに？」

「自分で言うなっての！」

確かに日光の全てを弾《はじ》き返《かえ》してきたかのような肌だ。

顔はおろか露《あら》わになった肌のどこにもシミ一つ視認できず、生まれてこの方ケアを欠かさなかったのだろうと推測できる。

いや今そんなことはどうでもよくて。

「もっと見る？」

「見ない！」

有栖川《ありすがわ》がお箸を持った手で襟を摘《つ》まんだので、反射的に頭を下げる。

そして有栖川のポケットからスマホを探り当て、ようやく取り出した。

派手なブランドロゴが刻印されたスマホケース。持つ手が震えるが、階段に落としたらすぐに割れてしまいそうだ。

「暗証番号は3154だよ」

「有名人なのにめっちゃあっさり言うじゃん……」

「君は彼氏だし別にいいよ。いいから、はよ見て。インスタ開いてプロフィール見てみぃ」

「ちょっと待て、インスタグラムな……」

『Saki Arisugawa
フォロー 205 フォロワー 245605』

「……ハア!? 24まん!? ごせ……ごせ!?」

「すごいでしょっ、さすが有名モデルっ」

「すごすぎるわ、フォロワーの桁どうなってんだ!? 相当な有名人じゃねーか!」

俺は隣に座る人間のすごさを初めて認識し、心の底から震え上がった。

有栖川は俺の反応に満更でもなさそうに頬《ほお》を緩める。

「そうなの、全然靡《なび》かなかった君って凄《すご》くない？」

「凄いな確かに……いやでも、靡いたから付き合ったんじゃないのか？」

「違うよ、私が無理やり付き合わせたんだもん」

「め、めちゃくちゃなこと言うな……でもまあ、それならびっくりするくらいの鉄人だわ」

年頃の男で、有栖川に靡かないなんてことがあり得るのだろうか。

実際今の俺はこうして驚嘆してしまっているというのに。

「明日香《あすか》がいたからそうなったのかな」

俺が素直な感想を吐露すると、有栖川は頬を膨らませた。

「あーっ他の彼女の名前出したっ。デリカシーなさ男め」

「いや、だって……」

――そもそも別れようとしたのを引き留めたのは有栖川だろ。

そう言おうとして踏《ふ》み留《とど》まった。

そもそもという話をするなら、全て前の自分に責任が帰する。

「ごめんなさい、気を付けます」

「何考えてたか当てるね？」

「へ？」

「別れようとしたのに止めてきたのはお前だろ。いやでもそもそも前の俺が三股なんてしなければ……まぁいいや、考えるのやめた。ここは大人《おとな》しく謝って三人共と良い関係を保っとこう。そして記憶が戻るまで美味《おい》しいところだけ食べちゃおう、いやもはや食べ漁《あさ》ろう！……って思ったね？」

「後半が違う、最後は圧倒的に違う！」

「てことは前半は正解だぁ」

「だーっ俺のばか！」

俺は自分の額を殴る。

馬鹿な頭を有栖川《ありすがわ》のスマホででも殴りたいところだったが、傷付いたら困るので咄嗟《とっさ》の判断で踏《ふ》み留《とど》まった。

有栖川は俺の挙動にまた笑って、言葉を連ねた。

「別に後半も良いと思うけどね。今の君は何にも覚えてないんだから、何にも責任ないと思うよ？　楽しむだけ楽しんじゃえっ」

「いや、普通に責任はあるだろ。記憶が無くても、一応俺が俺であることには変わりない訳だし。俺がどう思うかはさておき、周りから見ればさ」

「わぁすごい、仮面ライダーが言ってそうなセリフだ」

「茶化《ちゃか》すなそこ！」

確かにヒーローが言いそうな口上だったが、本心なので仕方ない。

俺は一息吐《つ》いて、有栖川に告げた。

「今のこの関係を続けてるのはな、あくまで記憶を戻すためだろ。それは明日香《あすか》もひなも……多分納得してる」

今の俺が記憶を取り戻すことを優先した結果ならまだしも、前の俺が作った彼女なのだから。

有栖川は一度視線を外に逸《そ》らしてから、また俺に戻した。

「お医者さんからは何て言われてるの？　記憶の戻し方とか」

耳心地《ごこち》の良《い》い声で問い掛けられて、俺は想起した。

退院するまでに何度もあったカウンセリングでは、その説明を何度もされた。

「……記憶を戻すには、元いた環境に身を置くのが大事って言われたよ。あとはなんか、逃げることも大事だとも言ってたな」

「そっか。私から逃げたら何されるか分かんないしね。元いた環境に身を置けて、ストレスからも解放される。最高じゃん、一生付き合おうよ」

「一生は嫌だ！　尻に敷かれる未来が見える！」

俺がそっぽを向くと、有栖川は耳をチョイと引っ張った。

「ふふふ」

「……な、なんでしょうか」

「ううん。やっぱり君は、記憶が無くなっても君なんだって思ってさ」

「どこを見てそう思ったんだよ……」

「私に興味なさそうなところ？　君が照れてるのは、私みたいにすっごい可愛《かわい》い人に誘惑されてるからでしかない。私自身には、正直あんまり興味ないでしょ」

ことこもなげな口調に、思わず目を瞬《まばた》かせる。

「いや、そんなことは」

「私はそれでいいよ。前もこうして言い寄ってたし、ちょっと段階が戻っただけだしね」

「え？」

俺が戸惑いの声を上げると、有栖川《ありすがわ》は春風に靡《なび》く髪を耳に掛けた。

「私ねぇ。君の記憶があってもなくても、どっちでもいいんだ。君とこの関係を続けられるなら、私はそれで」

有栖川はニコリと笑う。

「これから積み上げていけばいいし。むしろほら、有利になるし？　私、今までは二、人目だった訳だから。明日香《あすか》さんに負けてる自覚はあったんだぁ」

「なんというか……よく二人目とか、そういうので付き合うことになったよな。しかもお互い合意の上で」

「うん。きっと君、私を断るのが面倒だったんじゃないかな？　明日香さんをどうやって納得させたのかは分からないけど」

返答できずにいると、有栖川はパクパク弁当を平らげていく。

有栖川も、特に俺の返答を求めている訳ではないらしい。

本来何かしらの言葉を返した方がいいはずだ。

だが俺は、自身の弁当を平らげることに集中力を割いている。

自覚はある。

今何の言葉も返さないのは、ストレスから逃げる行為。ただの遁走《とんそう》に過ぎないと。

しかし有栖川はそれを咎《とが》める様子を一切見せない。

自分のペースに巻き込むくせに、俺のペースも尊重してくれる。

……これが演技じゃないとしたら、俺は有栖川について誤解していたみたいだ。

唯我独尊に見えて、きっと有栖川は人を気遣う。

「言い忘れてた」

有栖川がこともなげに呟《つぶや》いた。

「君の言うことなら、私は何でも聞いてあげるからね」

何でも。普通ならその範囲は常識内に留《とど》まるだろうが、有栖川の場合は本当に逸脱しても聞いてくれそうだ。

それなら、一つだけある。これからの生活に欠かせないことが、一つだけ。

俺は意を決して、口を開いた。

「じゃあ、一つだけいいか」

「なあに？　やっぱり大人《おとな》の階段登りたい？」

「違う。……学校ではちゃんと友達として接してくれ」

「接吻《せっぷん》してくれ？」

「どんな耳してんだ！」

「……ふう。もう、つまんないなぁ」

有栖川《ありすがわ》は不満そうに口を尖《とが》らせて、弁当箱の蓋を閉じた。

「私といれば、色んなチャンスがあると思うよ。生かすも殺すも君次第」

昼休みが終わる。

記憶喪失の俺にとって、意味深な言葉を残して。

◇◆

放課後の空気が好きだ。

窓が開け放たれた廊下は風が気持ち良い。

人通りの少なくなった廊下は、二年三組の教室よりも些《いささ》か快適だ。

教室よりも開放感があるからだろうか。

校庭から聞こえる運動部の掛け声や、吹奏楽部の奏でる音色。

橙色《だいだいいろ》の光に照らされながら、俺は安らぐ心を見つめている。

「今日はどうだった？」

合流した明日香《あすか》が、俺にそう訊《き》いてきた。

昼休みには合流しなかった幼馴染《おさななじみ》も、放課後はすぐに連絡をくれた。

職員室前の廊下に集合したのは、担任の先生に挨拶するためだ。

「ねー、聞いてる？」

「聞いてるよ、先生いなくて残念だったよな」

「そんな話してないわよ！」

明日香は不満そうな顔でそう言った。

俺は小さく笑いながら、「ごめんごめん」と謝罪する。

「ったく。まあ、先生とは元々朝に挨拶できる予定だったしね。遅刻するから予定ズレちゃっただけで」

「先生、出張のタイミング悪いよなー」

「明日はしっかり時間取ってもらえるから大丈夫よ。で、もう話戻していい？　今日は一日どうだったの」

「楽しかった！」

下駄箱《げたばこ》に着いた俺は、開口一番に元気な声を出す。

明日香《あすか》は安心したように笑みを溢《こぼ》した。

「うん、その答えが聞けてよかったわ」

明日香はそう言いながら、自分の下駄箱へ歩を進める。

明日香の外履きは、同じ列の数メートル離れたところに仕舞ってあるらしい。

俺は自身の上履きから、黒のスニーカーに履き替える。

汚れの目立たないスニーカーに視線を落として、思考を巡らせた。

普通に笑えるんだな、俺。

三人の彼女がいるという自覚を持ちながら、我ながら図太い話だ。

自分の話だという認識はあっても自分のした結果だという自覚が薄く、また本人たちが承諾しているというのが要因だろう。

記憶がないのだから感情が追いつかないのはある意味当然だと思うものの、いつまでも続けられる関係ではない。

しかし今の俺には些《いささ》か重すぎる選択で、一旦考えを放棄した。

今週の学校が終わったら、休日にはカウンセリングがある。その時に少し相談してみよう。

「お待たせ！」

「おす。じゃー帰るか」

俺は鞄《かばん》を肩に掛けて、下駄箱に背を向ける。

校舎を出ると、丁度運動部が外周で走ってくるところだった。

ジャージ姿の男子生徒で構成された列の中に、見覚えのある生徒がいる。

俺は思わず口を開けた。

「あ、高尾《たかお》だ」

一つ前の席に座る男子生徒。

夢咲《ゆめさき》と仲良さげな彼は、屈強な男子たちと一緒に大きな掛け声を上げつつ走っている。

「早速名前覚えたんだ。偉い偉い」

明日香が面白そうに言ったところで、高尾がこちらの視線に気が付いた。

すると列を抜けて、俺の方に駆けてくる。

「よ、真田《さなだ》！　二人で帰宅とか相変わらず見せつけてくれるな〜」

「相変わらず？」

俺が訊《き》き返すと、高尾は軽快に笑った。

「そーだよ、俺みたいな人間にはマジ眩《まぶ》しいって！」

「いや、高尾も夢咲と仲良さげじゃん」

「あれは仲良《い》いって言えるのかなあ」

高尾《たかお》は頭を掻《か》いて、苦笑いする。

苦笑いといっても、作為的な笑みだ。

本心では満更でもないんだろう。

俺が返事をしようとすると、先に明日香《あすか》が口を挟んだ。

「高尾君、私たちはそんなんじゃないわよ？」

「あはは、だから余計眩《まぶ》しいんだろ。いいなー青春、またよかったら俺も交ぜてくれよ」

「嫌よ、別に仲良くないのに」

「うわきっつ!? もうちょっと優しくして！」

高尾は和やかに笑い、俺に視線を戻した。

「真田《さなだ》。久しぶりの学校とか、多分メンタルしんどい時もあるだろ？　夢咲《ゆめさき》とか有栖川《ありすがわ》ってちょっと癖あるし、何かあったら俺も頼ってくれよ。まあ大抵皆《たいていみ》んなも手貸してくれるだろうけど、席近いのは縁だしな」

「おお……高尾、やっぱりもしかしなくても激良いやつか？」

軽く感動しながら訊《き》くと、高尾は両手を腰に当てて胸を張ってみせた。

「おう、めっちゃ良いやつだ！　だから女子皆んなに広めてくれ、俺モテたいから！　真田からの発信だと絶対モテる！」

「素直すぎるわ、その真意はまだ隠しとけ！」

俺のツッコミに、高尾は白い歯を見せて笑う。

……俺、友達がいない割に結構評判良かったんだな。

以前の俺は、一体どんなマジックを使って三人を彼女にして、友達も作らず世渡りをしていたんだろう。

その二つって両立できるものなんだろうか。

そんな思考を頭の隅に、男同士の会話を楽しんでいると明日香が呆《あき》れたように言った。

「会話の途中で悪いけど、皆んないなくなったわよ？」

高尾は「やべっ」と振り返る。

一緒に走っていた部員たちの姿はとうに見えなくなっていた。

「行くわ、ごめん！　真田、また明日な！」

高尾は忙《せわ》しなく駆けていき、とんでもないスピードで姿を消した。

さすがは運動部。

そして、高尾への感想は一つだ。

「めっちゃ良いやつ……」

「そうね。変な人だけど、まああの子と席近いなら私も安心だわ」

明日香は頬《ほお》を緩めて、歩を進める。

その柔らかい笑みをさっきも見せてくれたら、高尾《たかお》はもっと喜んだだろうに。

そうは思いつつも、自分以外には見せない微笑《ほほえ》みに嬉《うれ》しくなったりした。

有栖川《ありすがわ》と同様、明日香《あすか》も一際目立つ存在だ。

煌《きら》びやかなライトゴールドの髪に、蒼《あお》色の瞳。

有栖川の存在感に対抗できそうなほど、明日香も鮮烈な外見だった。

実際三大派閥とやらの筆頭らしいし、有名モデルとも同格扱い。

こんな存在が俺の彼女を名乗っているなんて、今でも信じられない。

「……三大派閥筆頭さーん」

ふざけながら呼び掛けると、明日香はゲンナリしたように顔を顰《しか》めた。

「うわ、最悪。もう知ったの!?」

「説明しといてくれよな、筆頭さん。すげえじゃん筆頭さん！」

「うっさいイジってくんな！　あんなしょーもない与太《よた》話に巻き込まれるなんて恥よ、次私にそれ言ったら記憶飛ぶまでぶん殴るから！」

「代償おっも!?　ごめん二度と言わないわ！」

有栖川と異なり、明日香は三大派閥とやらに何の愛着も湧いていないようだ。……ある意味明日香らしいな。むしろ有栖川が興味ありそうなのが意外だ。

そう考えながら、今朝《けさ》とは別の校門を出ると、遊崎《ゆうざき》高校より一回り小さい校舎が視界に入った。

学校から出たばかりなのにと訝しむと、明日香が「あれは中学よ」と教えてくれた。

「ひなちゃんもあそこ出身だったはずね」

「へえ、ひなもか。だから知り合いだったんだな」

ひなとの交際期間は半年らしいから疑問には思っていたが、合点がいった。

前の俺は、何らかのきっかけであの中学にいたひなと知り合ったんだろう。

明日香が俺に話しかける。

「そんなことより、勇紀《ゆうき》」

「ん、どした」

「紗季《さき》はちゃんと働いてくれそう？」

「え？　働くって――」

返事をせずにいると、明日香は「正気？」と笑った。

「有栖川さんよ。今日一緒にお昼ご飯食べてたでしょ？」

「たべ……!?」

その問い掛けに、俺は思わず口を噤《つぐ》んだ。

隣を歩く明日香が、チラリとこちらに視線を寄越《よこ》す。

大通りを曲がると、視界に入る景観が中学から住宅街になる。歩を進めていくにつれて、その住宅街の雰囲気も変わる。

瓦屋根が多めだった景観が、西洋風の家々が立ち並ぶものへ変移する。

「……おーい、何で黙ってるの？　訊《き》いてるんだけど」

「食べて……たべ……」

「なに隠そうとしてんのよ。別に私、本人から聞いてるから——」

「ほえ？」

有栖川《ありすがわ》の意図が全く分からず、素《す》っ頓狂《とんきょう》な声を出す。

歩きながら、俺は思わず両手を合わせた。

「いや、ごめん！　他の彼女と学校で喋《しゃべ》るのって、やっぱりあんまりよくないよな？　魔が差した訳でもないんだけど、そうだな。うん、記憶のためにといいますか……？」

「何勝手に焦ってんのよ、そんなの気にしてたら三股なんか許容できないでしょ」

「おお、すっごい変なセリフ……」

「うっさい！」

明日香《あすか》は眉を顰《ひそ》めて二の腕を抓《つね》る。

俺が「いでで！」と反応すると、明日香は僅かに口元を緩めた。

とんだドS彼女である。

「紗季《さき》はクラス内の世話係だし、尚更《なおさら》気にしないわよ。ていうかひなちゃんでも、他の女子でも気にしないっての」

「そ、そうかそれを知ってたのか。なんだ−良かった、帰るかゴウホウム」

「急に態度変わりすぎよ！」

明日香は遠ざかる俺の首根っこを掴《つか》み、引《ひ》き摺《ず》り戻す。

「紗季が世話係だってことを知ってるのは私だけだからね。あの子がサボってるようなら私に言いなさい」

「分かったよ」

俺は明日香の手から何とか逃れながら、言葉を続けた。

「でも、ほんとに何も思わないのか？　俺ら、一応付き合ってるのに」

彼女たちの存在を認知してからスマホで何度「彼女」「三股」のワードを検索したか分からない。

調べていた時は、恋愛関連の記事にはいつも「嫉妬」の二文字も見え隠れしていた。

「嫉妬」はまさに今しがたの状況に該当しそうな文言《もんごん》だが、明日香にとっては違うのだろうか。

「思わないっての。まあ目《ま》の当《あ》たりにしたらムカつく時もあるけど、そんなの言ってたら今のあんたは困っちゃうしね」

明日香はあっさり笑って、視線を前方に戻した。

「でも、周りの目とか……そういや高尾《たかお》は知らなかったな」

「うん。もちろん周りにはバレてないからね、私たちの仲。だから頭のことと同様、わざわざ言わないでね」

明日香《あすか》が言葉を返して、立ち止まる。

周りに言わないのは当然だ。

それは自身を守るためでもあり、彼女たちを守るためでもある。

そう考えていると、明日香が一歩先に出て通せんぼする。

くるりと振り向いた直後、口に人差し指を当ててきた。

柔らかい、指先の感触。

「分かった？」

「――ふぁかった」

「あはは、よろしい」

明日香は頰《ほお》を緩めて、指を離す。

再び歩き始めるが、俺は数秒その場で立ちすくみ、慌てて追い掛ける。

「そういえばこれ言うの忘れてたわね、危なかったー」

明日香は自身の胸に手を当てて深く息を吐いている。

本来登校日前に言っておく予定だったらしい。

「三大派閥のことといい、大事なことは伝えてくれよな」

「だって、何が大事か分からないくらいあんた忘れちゃってるんだもん」

明日香は口元を緩めて言った。

柔らかい声色だ。

……そりゃ、三人の彼女を綺麗《きれい》さっぱり忘れるくらいだしな。

関係の始まりだって全く覚えていないから、この関係を始めると決断した理由だって分からない。

今の自分になってから少し経《た》ったが、自分の話であるにもかかわらず思考が分からないことが多かった。

「ほんとに忘れちゃったんだなあ、俺」

「自分で言ってりゃ世話ないわね」

明日香は笑う。

夕焼けに染まった空に、カラスが三羽飛翔《ひしょう》していた。

六話　ひなの推し活

目を覚まして数秒後、俺は枕元に転がっていたスマホに視線を落とした。

無意識の行動だったが、今まで何百回と繰り返してきた動きな気がする。人間関係に関わる記憶ではないから、恐らくこの思考は間違っていない。

スマホには、またもやラインの通知が複数届いている。

昨夜届いていたであろうラインのメッセージを開く。

――一人目は唯我独尊カノジョの有栖川《ありすがわ》。

『SA：週末デートに行きたいなあ』

昨日と同じく脈絡のない内容だ。

アイコンは有栖川本人の後ろ姿で、さすが有名モデル。

背中越しにもはっきりプロポーションの秀逸さが伝わってくる。

――二人目は後輩カノジョの笛乃《ふえの》ひな。

『hina：結局昨日会えませんでしたね……死にたい……。今日は絶対に会えるように願ってます』

昨日よりも少々重い内容だ。

アイコンは犬の画像で、単純に愛くるしい。

——三人目は幼馴染《おさななじみ》カノジョの明日香《あすか》。

『Asuka：おやすみ、今日はお疲れ様！　明日は遅れないようにね！』

こちらを気遣ってくれる内容だ。世話を焼いてくれるような文言《もんごん》に、俺はありがたく思う。

アイコンは本人の正面からの画像。楽しげにダブルピースをしている。

記憶が戻ったら、俺はこれらの通知に何を思うのだろう。

ちゃんとありがたいと思うのだろうか。

この関係をなんとかしなければ、なんてまともなことを思うのだろうか。

……だけど今は、この思考よりも大事なことがある。

スマホの画面に表示された、明日香からのラインのメッセージ。

唯一、今朝《けさ》送られたメッセージである。

『Asuka：ちゃんと起きてる？』

二日目も気遣ってくれるあたり、明日香は昨日も一日中気を配ってくれていたのだろう。

隣のクラスは物理的な距離こそ近いものの、一枚の壁を挟むだけで接する時間は著しく下がる。

明日香《あすか》には今日一日あった出来事も共有しておいた方がいいな。

俺は思考を巡らせながら、スマホに指を走らせる。

何故《なぜ》昨日はありがとう、そしてごめん。

昨日はありがとう、そしてごめん。

何故謝罪するかは、外を見れば明らかである。

カーテンの隙間から漏れ出る日差しに片目を瞑《つぶ》りながら、俺はまた呟《つぶや》くのだった。

「……終わった」

◇
◆

二日連続遅刻という蛮行に、明日香が怒らない訳がなかった。

電話先で明日香の雷が落ちる。

『あんたっ、私昨日言ったわよね⁉ 学校内の世話係は紗季《さき》だけど、それ以外は私なの！ 遅刻みたいな問題起こしたら、怒られるのは私なんだけど！』

「本当にまじでごめんなさい！ 目覚まし設定してたのに、なんか起きたら昨日と同じ時間だったんだ！」

『それぜんっぜん言い訳できてないわよ、めちゃくちゃ普通の寝坊じゃない⁉』

始業時間の十分前。

俺は未《いま》だ学校まで三十分ほど掛かる距離にいた。

耳元から鳴り響く大音量に背筋を凍らせながら、俺は音量を二つ下げる。

『全然脅す目的で言うんじゃないけどね、あんた次遅刻したら落とし前として頭バリカンで丸めるから！』

「脅し以外の何物でもないんですけど!?　落とし前とか単語のチョイスがヤンキーすぎる！」

俺は一人大きな声を上げた。

思春期の男子に向かって鬼畜すぎる罰だ。

能動的に丸めるのなら何ら問題ないが、他人から強制される髪型の中では最も避けたい部類である。

明日香は校門前で待ってくれていたらしく、朝から相当不機嫌だ。

『先生今日は出張ないから、朝じゃなくても挨拶できるわ。だからあんたのミッションは、今日学校にキチンと来ること。できる？』

「できるできる、今もう向かってるところだから！」

俺がそう言葉を返すと、明日香は明瞭な声色で答えた。

『良かった。じゃあ、私は先に登校しておくから。しっかり学校来なさいよ？　絶対サボんないでね！』

「やけに念入りだな、そんなに信用ないのか？」

『ないわよ！』

「了解しました、なる早で行きます！」

俺は明日香《あすか》の勢いに押され、敬礼のポーズをしてみせる。

『そういうのいいから、明日は寝坊しないでね！』

ブチッ！と電話が切れる。

俺の挙動を電話先から察したのだろうか。

……後でもう一回謝っておこう。

スマホをポケットに入れて、俺は襟で首元をパタパタ扇《あお》いだ。

明日香の怒気に反応して汗が溢《あふ》れたのだろうか、心なしか身体《からだ》が火照《ほて》っている。

「……あちい」

俺はそう呟《つぶや》いて、辺りに視線を巡らせた。

見慣れた通学路で、俺はさっさと早歩きをする。

遊崎《ゆうざき》高校は自宅から川沿いを二十分ほど歩き、更に山の麓を十分ほど進んだ先に立っている。

この時間帯の川沿いはランニングや犬の散歩をする人が多いようで、逆に同じ高校生らしき人は見当たらない。

遅刻しているのだから当然だけど、外にもかかわらず少し肩身が狭い思いだ。

しかしその緊張も数分歩を進めるにつれて、次第に解けていった。

この通学路は川の匂いがして、歩くのが愉《たの》しい。

河川敷《かせんしき》に入った当初は人が優に五人は並べるような道幅だったが、今は三人が限度といったところ。

幅が狭くなっていくに連れて人の数も減っていき、今は俺しか歩いていない。

ついには人とすれ違うには苦労しそうな幅となったところで、本日いくつ目かの階段が現れた。

十段ほど登ってみると、先ほどの河川敷と同じくらいの幅を擁する縁道が広がっている。

河川敷は緩やかな下り坂になっていたらしく、思っていたより川との距離は遠くなった。

それでも川のせせらぎは耳に心地《ここち》よく、朝陽《あさひ》の暖かさと相まって微睡《まどろ》むような感じだ。

「……ん？」

不意に、視線が惹《ひ》きつけられた。

十メートルほど先。

茶髪ボブの女子が手で何かを弄《いじ》りながら、ベンチでぼーっと空を眺めている。

それだけなら気に留まることでもないのだが、その女子は制服を着ていた。見たところ、同じ高校のデザインだ。しかも靴を脱いで、ベンチに三角座りしている。

角度の関係で、顔の全貌は視認できない。

迷った末、その場を無言で通り過ぎることにする。

この遅刻必至の時間にベンチで惚《ほう》けているということは、それなりの事情がありそうだ。

もし不良だったら怖い。

「ちょ……えっ、あのっ、その！」

女子の前を通り過ぎた直後、背中に声が掛かった。

俺の足が、意志とは裏腹にピタリと止まる。まるで身体《からだ》が勝手に反応したように。

恐る恐る振り返ると、茶髪の女子がこちらを真《ま》っ直《す》ぐ見ていた。

遠目では分からなかったが、その顔は見覚えのある人物だった。

というより、彼女だ。

手で弄《いじ》っているものも、ただのキャラのキーホルダーだった。

「な、なんで無視するんですか!?　もしかして先輩……また記憶喪失に？」

笛乃《ふえの》ひなが大きな瞳をウルウルさせてくる。

これが特に計算されていないとすれば……うん、凄《すさ》まじいな。

「ご……ごめん、遠目だと分からなかった。おはよう、ひな」

「挨拶あっさり！　もっと心を込めてください！　オタクには毎朝推しからの供給が必要

なんです！」

「いや、暫《しばら》くその供給はなかったんだろ？　俺入院してた訳だし」

「だから今日待ってたんですよ‼」

「俺を待ってて遅刻してるの⁉」

俺が仰天すると、ひなは何故《なぜ》か誇らしそうに胸を張った。

「当然です。もうずーっと我慢してたんですから！」

……嘘《うそ》を吐《つ》いていなさそうなのがひなの恐ろしいところだ。

ふんすふんすと鼻から息を吐き、榛《はしばみ》色の大きな瞳を一杯に広げている。

ここまで執着してくれるのなら、一つの疑問が湧いてくる。

その割には、俺はひなとあまりラインをしてこなかった。

一日に一回、ラインを一件交わすかどうか。彼女の性格に鑑《かんが》みれば、毎日連続通知が届いていても不思議じゃないはずだ。

何しろ、一日二百件連絡してきたらしい後輩である。

「我慢とか言ってくれる割には、連絡頻度普通だったよな。昨日返信した時も既読つくの遅かったし」

近寄りざまの俺の言葉に、ひなが目をパチクリさせた。

「だ、だって……」

何故か有栖川《ありすがわ》の顔が過《よぎ》る。

発言までにタメを作られたら、何かとんでもない言葉が飛んでくる気がしてならない。

「──先輩の負担になるじゃないですか。連絡するってことは、連絡が返ってくるってことですし……私のために、返信の手間を取っていただくのは申し訳ないっていいますか」

「めっちゃマトモ!? なんでそこは謙虚なんだよ！」

予想外の返事に、思わずツッコんでしまった。

変なことを言われるのではないかと警戒したこと自体が申し訳なくなってしまうほどだ。

──そういえば、以前病室で過ごした数分でもそうだった。

確かに三股を許容する時点でどこか変わっている部分はあるし、ちょっと彼氏を好きすぎるきらいもある。

しかしひなは、決して自分を押し付けない。

あくまで後ろから付いてこようとするだけなのだ。

彼女に対する恋心は、今の俺にあるかは分からない。

だけど一先輩としては、後輩を可愛《かわい》く思うには充分なやり取りだった。

「じゃあさ、この時間はどうなるんだ？」

「ふふー、それはですね。あっナントそれはですね！」

ひなはベンチからピョコンと跳ねて靴を履き、キーホルダーをポケットに入れる。

そして両手で人差し指を立て、口角をキュッと上げた。

「先輩はどっちにしても登校するので、その時間は不変です。つまり先輩と一緒に登校しちゃえば、先輩の手間を要さず一緒に過ごせるという寸法です！」

「なるほどな」

確かに立ち止まらなければ、余分な時間を要することはない。

ワクワクしながら隣に並んでくるひなに、先輩としてちょっとした悪戯心《いたずらごころ》が湧いた。

「俺、登校中にやることあるんだよな～」

ひながピタリと立ち止まる。

そしてフルフル震えながら、俺に視線を上げた。

「ふ……ふぇぇ。じゃあ私もうちょっとベンチに待機しときます……」

そう言ってひなは、俺からの返答を待たずにトボトボベンチへ帰還する。

すぐに冗談であることを伝えようと待機していた俺は、慌ててひなの腕に触れ制止した。

「ご、ごめんごめん嘘《うそ》！　一緒に登校しよう、な！」

ひなは振り返って、目を瞬《まばた》かせる。

瞬きするごとに、しょぼんとした顔にみるみる生気が宿っていくような気がした。

「はい！　先輩と一緒に登校します！」

冗談を特に非難することもなく、ひなは再度《さいど》隣に並ぶ。

従順な後輩。

かつての俺は、そんなところに惚《ほ》れたのだろうか。

有栖川《ありすがわ》への質問と被《かぶ》るが、俺はひなにも訊《き》くことにした。

「なあ、ひな」

「はいっなんでしょう！」

「なんで俺なんか好きになったんだ？　なんで三股許容できるんだ」

すると、はじめてひなが不満そうな表情を浮かべた。

「俺なんか……なんかなんかじゃないですけど。そうですね……自分に自信があるからこそ、一人で行動していても良い目立ち方をしてる先輩への憧れというか……。三股は許容というより、むしろ三大派閥のお二人と並べられて光栄すぎるといいますか……」

「……よく分からないけど。じゃあどういう経緯で付き合ったんだ、俺たち」

「それは簡単です。毎日推しへ愛を一回伝えてたら、ふとした拍子にオッケーいただきました！　先輩からしたら面倒事を処理するような感覚かもですけど、まぁ結果オーライです」

……それ、一旦場を収めようとしただけな気が。

本来なら断れば済む話だけれど——以前の俺ならそんな判断を下しかねない。何せ複数人も彼女を作る輩《やから》だし。

俺は一旦思考を捨てて、景色《けしき》を見渡した。

さざめく木。せせらぐ川。

春の匂いとともに、学校の気配が漂っているのが分かる。

……この感覚は、きっと前の自分のものだ。

感覚に覚えがあっても——人格に覚えがない。誰にも理解されないであろう奇妙な感覚。

一人だときっとこの微妙な乖離《かいり》が恐ろしく、周囲を重い世界に捉えていただろう。

彼女三人とは歪《いびつ》な関係性であるが、俺は間違いなく救われている。

覚えのない人格が形成した関係性というのだけが、今の心に引っ掛かるけれど。

風が吹く。

ひなが、思考を巡らせる俺に視線を向けた。

「……先輩？　その、そのそのそのっその」

「どうしたどうした落ち着いてくれっ」

急に壊れたロボットみたいになったひなは、二回三回と深呼吸する。そして意を決したように口を開いた。

「明日香《あすか》さんとか、有栖川《ありすがわ》先輩とか。私なんかよりも頼りになる人、先輩の周りには沢山います」

ひなは自身の胸にギュッと手を当て、言葉を続ける。

「でも、先輩を一番推してるのは私なので……誰にも頼れなくなる時があっても、私は無条件に先輩の味方ですからっ」

それは弱々しくも、芯のある声だった。

ずっと胸に秘めた感情を、この機会に吐露してくれたのかもしれない。

「……なんでそこまで。今の俺、記憶ないんだぞ」

「お……推し活です。推しの力になりたいのは当然ですよっ」

無償の愛。ひなはそれが推し活だと宣《のたま》っている。

何の解決もできないとひなは言った。

だけど、追い込まれた際に誰かがいるだけで助かる人もいる。

病室で目覚めた時、入院している時、自宅で過ごす時。

どれも全て孤独だったら、自分を保てていたか自信がない。

今の俺には、それが如実に分かる。

前の俺は、この後輩に日々感謝を告げていたのだろうか。

……告げていないだろう。

それは明日香や有栖川との会話から察せられる。

だから今は、せめて心からのお礼を。

「……ありがとう。ひながいるだけで助かってるよ」

「……ふひへへへ。供給ポイント1アップ、ひなのレベルが3上がりました」

「どういう計算だよ！」

ひなは満面の笑みで歩を進める。

そして浮き立つ歩調で、俺に一つの事実を告げた。

「あと、先輩。さっきからずっと言えなかったんですけどね」

ひなは、数秒の逡巡《しゆんじゆん》の末に口を開いた。

「……ずっとファスナー開いてますよ」

「……それはもっと早く言って？？」

俺は急いで全開になっていたファスナーを上げる。

復帰二日目の朝、幸先《さいさき》が良いのか悪いのか。

俺は横で元気に跳ねるひなに目をやって、雲一つない空を見上げた。

◇◆

「また遅刻したぁ」

授業が終わった途端、隣の席の有栖川《ありすがわ》がニヤニヤと笑った。

復帰後に一時間目をまだまともに受けられていない俺は、返す言葉が見つからない。

「これには仕方ない事情が……」と呟《つぶや》くので精一杯だ。

有栖川は教科書を机の中にしまいながら、クスクス笑った。

「えー、事情ってなぁに？」

「目覚まし鳴らなかった！」

「そうなんだぁ、それなら仕方ないね」

明日香《あすか》とは全く異なる返事に、俺は目を瞬《まばた》かせる。

しかし代わりに、前の席に座る高尾《たかお》が口を挟んできた。

「おいおい、仕方なくはないだろ？　真田《さなだ》の理由が通るなら、俺も遅刻したいって！」

「そうかなぁ。そういうこともあるんじゃないかな」

有栖川は高尾に向けて笑みを浮かべる。

高尾は次の授業に必要な教科書で顔を仰ぎながら、口を開いた。

「有栖川、真田に甘いなー。絶対普通に寝坊しただけだと思うんだけど」

「全く同じこと幼馴染《おさななじみ》にも言われたよ……」

俺が答えると、高尾は軽快な笑みを見せる。

「まあ、だろーな。湊《みなと》ってしっかりしてそうだし」

「否定はしないけど、抜けてるところもあるぞ」

真っ黒になったオムライスを想起しながら、俺は微妙な反応をする。

しかし高尾《たかお》は「幼馴染っていいよなあ」と和やかに言った。

高尾大和《やまと》。

ツーブロックに暗めの茶髪が特徴の彼は、体育会系の雰囲気を醸し出しながらも、爽やかな印象を受ける。

先程の授業では教科書に載っている物語の感想を近くの席の四人で共有する時間があったのだが、高尾《たかお》は殆《ほとん》ど押し黙っている状態の俺に積極的に意見を訊《き》いてくれた。

昨日の印象は間違っていなかった。

つまり、とっても気の良《い》いやつだ。

高尾が視線を横に逸《そ》らし、有栖川《ありすがわ》に訊いた。

「そういえば、有栖川も遅刻したことないよな?」

「へー、そうなんだ」

昨日の授業を爆睡していただけに、かなり意外だ。

有名モデルの仕事がどれくらいの量かは分からないが、忙しそうだし。

高尾の発言を意外に感じていると、有栖川はアッシュブラックの髪を無言で梳《す》いた。

高尾が戸惑ったように首を傾《かし》げると、ようやく有栖川が口を開く。

「私は遅刻とかどうでもいいけど」

「はは。相変わらず興味ない話題には塩対応だな」

「……そういう子よ、有栖川さんは」

高尾の隣から声が聞こえて、俺は視線を横に向ける。

紅《あか》い髪を靡《なび》かせる夢咲《ゆめさき》がこちらに身体《からだ》を向けるところだった。

今しがたのやり取りは慣れたものなのか、呆《あき》れたように笑っている。

隣で有栖川が「去年も同じクラスだったの」と教えてくれた。うん、雰囲気は悪くない。

以前言っていた通り、三大派閥とは名ばかりで抗争のようなものはないみたいだ。

筆頭同士が普通に言葉を交わすのが良い証拠である。

「有栖川さん、やっぱり真田《さなだ》とは仲良いのね」

……おい、〝とは〟ってなんですか。

気になる文言《もんごん》があり、有栖川に目をやる。

有栖川は何食わぬ表情で夢咲に視線を返していた。

「あれ、もしかして私が勇紀《ゆうき》君を独り占めしちゃってるから嫉妬中？」

「嫉妬なんてしてないわ。なんでそう思ったのよ」

「ん～。久しぶりの勇紀君と喋《しゃべ》りたいのかなって」

「あのさぁ、答えづらいこと言わないでくれる？」

「二人とも待ってほしいんだけど、本人目の前にいること忘れてない？　これ裏でやる会話じゃないか？」

俺が言葉を挟むと、夢咲《ゆめさき》は含みのある笑みを溢《こぼ》す。

「てか夢咲と有栖川《ありすがわ》って、去年同じクラスだったのか」

「そだよ。私の名前も覚えてないくらいだし知らないよねー……つかほんとに覚えてすらなかった？　名前も聞いたことなかった？」

夢咲の質問に、俺は背筋を伸ばす。

やばい。

そういえば俺、昨日のやり取りから三大派閥も知らないことになっている。

「ご……ごめん。俺、結構忘れっぽくて」

夢咲のプライドを傷付けていなければいいけど。

「ふうん。まあいいけど」

夢咲は短く答えて、有栖川に向き直った。

すると有栖川は何を思ったのか、とんでもないことを口走る。

「勇紀《ゆうき》君はこの一ヶ月《かげつ》で皆《み》んなの記憶捨ててきたんだあ。だからちょっと喋《しゃべ》ったことあるくらいじゃ、勇紀君は忘れちゃってるよ？」

「うおおい何言い出すんですかアナタ⁉」

俺は慌てて有栖川に言葉を放つ。

しかし高尾《たかお》は、苦笑いして肩を竦《すく》めた。

「あー、だから昨日ちょっとぎこちなかったのか！」

俺の動きが一瞬止まる。

上手《うま》くやっていたつもりだったが、初対面の人にもバレるくらいだったのか。

「俺の名前は真田《さなだ》の記憶に留《とど》まれないってことか？　なあ真田。俺去年、体育祭の時に一回だけ話したことあるんだけどな」

そうは言いながらも高尾は全く怒っていないらしく、冗談ぽく肩に手を回してくる。

俺は戸惑いながらも、「いやー、たはは」と何とか笑顔を作った。

「そうそう。名前を覚えてもらってるのは、ギリギリ私くらいだよ」

有栖川が助け船を出してくれる。

だったら最初から陥《おとしい》れるなと言いたい。

「有名モデルでギリギリか。じゃあ俺も夢咲も認知されてなくて当然だな、あはは」

「うるさい、アンタと一緒にすんな！」

「ひどすぎて泣きそう」

夢咲の返答に高尾がガックリ項垂《うなだ》れた時、別の男子から声が掛かった。

「今日の日直、黒板消ししておいてー！　次の授業澤田《さわだ》先生だから、やっとかないとキレられるぞ！」

高尾は「やばっ」と一言残して、この場からフェードアウトする。

途中退出の多い人だ。

夢咲《ゆめさき》も俺たち二人と会話を続けるつもりはないらしく、「私も準備しなきゃ」と机の中を弄《いじ》り始めた。

休み時間なのに忙《せわ》しない、教室の雰囲気。

……やっぱり、なんか懐かしいな。

高尾《たかお》のことは覚えていなかったけれど、休み時間の空気は心地《ここち》いい。

言葉では形容し難《がた》い感覚に浸っていると、有栖川《ありすがわ》が「よいしょ」とこちらに距離を詰めた。

奥行きのある香りが鼻腔《びこう》に侵入し、脳裏に情景が過《よぎ》る。

——柔らかい唇。

病室で実行された、唐突なキス。

思わず体を硬くしたが、さすがに同じ事態は起こらなかった。

代わりに小声で耳打ちをされる。

「ね？　記憶喪失とか、普通誰も信じないよ」

「……だからって次はやめてくれよ、心臓に悪いし」

「心臓悪いの？」

「そういう比喩だよ！」

有栖川がコロコロ笑う。

俺が言葉を続けようとする、その時だった。

廊下から見覚えのある人影が現れた。

ライトゴールドの髪を湛《たた》えた女子生徒。

幼馴染《おさななじみ》であり恋人の明日香《あすか》だ。

教室で雑談に花を咲かせていた男子の一部が、話を中断して明日香に熱い視線を注ぐ。

男子の一人が明日香の姿を視認すると「え⁉　珍し！」と驚きの声を上げる。そして隣の男子が「壮観だぁ」と声を漏らした。その理由は明白。

──二年三組の教室に三大派閥の筆頭が勢揃《せいぞろ》いだ。

毅然《きぜん》とした歩調でこちらに近付いた明日香は、俺と有栖川を交互に見た。

「ごめん。ちょっといい？」

明日香が俺たち二人に言葉を投げる。

有栖川はその声にゆっくり瞬《まばた》きして、スッと視線を明日香に向けた。

心臓が大きく脈打つ。

俺は一気に緊張していた。派閥とやらは、もはや矮小《わいしょう》な問題だった。

何せこの二人は俺の──

「あれ、明日香さん。どうしたの？」

心なしか、いつもの声色より少し冷たい。

俺は内心平穏を祈りながら、二人へ交互に視線を移す。

「紗季《さき》」

「なぁに？　あ、モデルになってくれる気になった？」

「違うわよ、モデルはいくら誘われてもやらないから」

明日香《あすか》は小さく息を吐いて、言葉を続けた。

「……勇紀《ゆうき》をちょっと貸してくれない？　私、勇紀を湯川《ゆかわ》先生に会わせなきゃいけなくて」

紗季が有栖川《ありすがわ》の名前だと理解するのに数秒を要し、湯川先生が以前言っていた担任の先生だと理解するのに更に数秒要した。

本来なら早めに登校して湯川先生に挨拶するべきだったのだが、俺の寝坊たちがそれを阻止してしまったのだ。

明日香にも湯川先生にも後でしっかり謝らなければいけないが、今はそんなことよりも。

二人の彼女のやり取りがどうなるか、俺はドギマギしながら見守るしかない。

有栖川が変なことを口走らないように祈らないと。

その有栖川が、いつになく朗らかな声を出した。

「それなら私が付き添うよ？　同じクラスだしっ」

「ううん、大丈夫。同じクラスだし、紗季は勇紀の分のノートを取ってあげて。戻るまでちょっと時間かかるかもしれないから」

ピキリ。

あれ、今二人の間に亀裂が入ったような。

「も、もしもーし……」

恐る恐る話し掛けるが、何と二人はガン無視である。

有栖川はゆっくり瞬《まばた》きした後、口元に弧を描く。

そして少し考える仕草を見せた。

……次に出てくる言葉、絶対ロクなものじゃない。

盛大に嫌な予感がして、俺は「ゴホン！」と大きく咳払《せきばら》いした。

有栖川がチラリと俺を横目に見て、小さく息を吐く。

「……ふう。いいよ～。いってらっしゃい」

「……ありがと。じゃあ勇紀はついて来て」

「お、おう」

一触即発の雰囲気に、俺は一つ結論付けた。

やっぱりこの二人を校内で会わせるのは、避けた方がいい。

特に俺の眼前では。

◇◆

「明日香《あすか》って有栖川《ありすがわ》からモデルに勧誘されてるんだな。すげーじゃん！」

「……」

またまた、びっくりするくらいのガン無視。

「明日香さん……？」

先ほどに続けてビビりながら名前を呼ぶと、明日香の眼《め》がギロリと光った。

俺はたじろいで、思わずガーッと喚《わめ》く。

「ほ、他の人と喋《しゃべ》っても気にしないって言ってたじゃないですか！」

「言ってない！」

「言ってましたけど!?」

昨日の会話を思い出させようとしたが、明日香は自信満々にスッとぼけた。

しかし、これには一応明日香なりの思惑があるらしい。

「気にしないけど、ムカつくだけ」

「それって気にした結果の極致なのでは……？」

明日香はピタリと立ち止まり、壁に寄りかかって前髪をかき上げた。

若干乱雑な仕草に、心を落ち着かせようとしているのが分かった。

「あんたを優先したら気にならないけど、いざ目《ま》の当《あ》たりにしたらムカつく時もあるってことよ。彼女としては健全だと思うんだけど、悪い？」

「全然悪くないです、ボス。イエッサー！」

「話は終わり。行くわよ、付いてきなさい！」

明日香は壁から離れ、ツカツカ廊下を進む。ノリが良い《い》のか、まだ怒っているのか怪しいところだ。

髪が靡《なび》くたびに良い匂いがしてくるが、今は口にするのが憚《はばか》られる。

結果、俺は話を逸《そ》らすことにした。

「そういえば、俺の担任の先生ってどんな人なんだ？　電話でやり取りしたけど」

明日香は少し間《ま》を空けたが、今度はしっかり答えてくれた。

「まあ、嫌な先生じゃないと思うわよ？　あんたの世話係を誰にするか考えて、私に打診してくれるくらいだしね。しっかり私たちのことを見てる証拠よ」

「な……なるほどなーそりゃあ良い先生だわ」

「もうちょっと相槌《あいづち》頑張りなさいよ、さっきの話続けてほしい訳？」

「続けてほしくない！」

「素直か！」

明日香《あすか》は階段を登りながら、そうつっこんだ。

絶対領域が見えそうになって、俺は視線を横に流す。

そして、明日香《あすか》に言葉を紡いだ。

「でも、実際世話係は助かってるよ。入院中に相手してくれたこともそうだし、一昨日は掃除もしてくれただろ？　埃溜《ほこりた》まってるエリアとか、俺自分じゃ分かんなかったし」

「でしょ？　掃除の前には料理もしてあげたしね」

「焦がしてたけどな」

「それは忘れなさい！」

明日香は少しむくれて振り返った。

そしてあの光景を脳内から消したかったのか、話題をすぐに戻した。

「てか、先生の話だっけ。そう、唯一確定してるのはあんたの部活の顧問でもあることかな」

「顧問？　俺部活やってたってこと？」

俺、自分について初耳のことが多すぎる件について。

明日香はこともなげに頷《うなず》いた。

「ええ、サッカー部だったのよ。だからちょっと厳しい一面もあるかもね」

「うげぇぇしんどそぉぉ」

反射的にげんなりした声を出すと、明日香は目をパチクリさせた後に吹き出した。

「あは、何その変な声。大丈夫、どちらかといえば私の方よ。先生に目をつけられてたのは」

「ええ……明日香が？　派閥の筆頭なのに？」

「あんた絶対派閥って言いたいだけでしょ！　派閥なんてOGきっかけで面白おかしく広まっただけで、ほんとはそんなのないんだからね。あー、広まった意味が今分かったわ、皆《み》んなあんたみたいに楽しくて言ってるんだ。ほんとヤダ」

「はは、かっこいいしその説が濃厚だな。でも目つけられるなんて、一体何やらかしたんだよ」

訊《き》くと、明日香は口を尖《とが》らせた。

「失礼ね、何もしてないわよ。ちょっと髪が明るいとか、第二ボタン外してるとか、そういう理由」

「あーなるほど、風紀的な理由ね」

丁度空いた窓から風が入ってきて、明日香の髪が大きく靡《なび》く。

病室や外の世界では、明日香のライトゴールドの髪は少し目立つ程度だった。

しかし場所が高校だと、クラスの雰囲気によってはとんでもなく浮いてしまいそうな髪色でもある。

平たくいえばギャルという属性がピッタリな外見になっており、先生方から見れば小言を言いたくなるのだろう。

俺の視線に何を思ったのか、明日香《あすか》はライトゴールドの髪を指でクルンと弄《いじ》った。

「これ、やっぱり黒に染め直した方がいいかな。……私も考えなくはないんだけどさ」

「いや、そのままでいいだろ。似合ってるし」

風紀を乱すという先生方の主張も理解はできる。

だけど個人的には、黒よりも今の髪色の方が明日香に似合う気がした。

本人に似合っている髪色を支持するという、至って単純な思考回路。

そんな俺の返事に、明日香は目を見開いた。

反射的に出た言葉だが、明日香にとってはプラスに働く発言だったようだ。

「あ……ありがと」

「おい、なんで急にしおらしいんだよ」

「……なんでもない。ちょっと嬉《うれ》しかっただけ」

「なんでもなくねーじゃん！　照れるからやめろってそういうの！」

「あはは、ごめん。うん、さっきの件は私が大人気《おとなげ》なかったことを認めましょう。気を付けます」

明日香《あすか》は肩を揺らして、上機嫌そうにあっけらかんと笑った。

本当に気にならないというように、彼女の表情は明るいものだ。

俺は一旦安堵《あんど》して、歩を進める。

記憶を取り戻したいという理由はあれど、皆《み》んなとの関係を続けるのは少し罪悪感もある。だけどそれで記憶が戻るなら明日香だって許してくれるはずだ。

承諾済みなので、元々怒っている訳ではないかもしれないけれど。

――記憶が戻る前の俺に罰を与えるとしたら、どんな罰がいいんだろうな。

周囲から見れば些《いささ》か変テコであろう思考を巡らし、無言で歩く。

暫《しばら》くすると、西校舎の廊下へ辿《たど》り着《つ》いた。

東校舎よりもいくらか寂れた廊下は何だか異質な雰囲気を感じる。

十数秒ほど歩いて立ち止まり、明日香が視線を上げた。

明日香に倣《なら》って見上げると、プレートには『職員室』と記載されていた。

「さ、着いたわよ！」

明日香は口角を上げて、プレートをビシッと指し示す。

「あー、待ってくれ。そういえば、今日は遅刻してごめんなさい」

俺が謝ると、明日香が「今言うの？」と苦笑した。

「職員室に来た途端に謝ってもらってもね～」

その返事に、何かもっと誠意のある謝罪はできないかと思考を巡らせる。

しかし悲しいかな、咄嗟《とっさ》の機転が利かずにパクパク口を開け閉めしただけだった。

「あはは、変な顔。じゃあその顔が湯川《ゆかわ》先生にも通じるか試してみましょうか」

「待て、もうちょっとちゃんとした言い訳考えさせてくれ！」

ガラリ。

「うおおい!?」

「言い訳なんてしなくていいわよ、怒ってはないと思うし」

そう言って迷いなく進んでいく明日香に絶望しながらついて行くと、女性の先生が俺たちに反応した。

昨日の一時間目に授業をしていた、若い先生だ。

俺たち二人を手招きしているあたり、あの人が湯川先生か。

長机に挟まれた狭苦しい通路を縫うように移動して、湯川先生の元に辿《たど》り着《つ》く。

肩まで伸びた巻き髪の湯川先生は、二十代後半から三十代前半といったところか。

メイクで目尻を僅かに吊《つ》り上《あ》げており、大人《おとな》の女性という印象を受けた。

「あー真田《さなだ》君、昨日ぶり！　色々と大変だったねぇ」

てっきり遅刻について怒られると思っていた俺は、肩透かしを食らう。

「いえ、それほどでも……」

「どこで見栄《みえ》張ってんのよ、めちゃくちゃ大変でしょうがっ」

横から明日香《あすか》が口を挟んだ。

確かに記憶喪失は大変なことなのだが、条件反射で口をついて出てしまったのだ。

まるで、この人には何回も怒られてきたような。

湯川《ゆかわ》先生は僅かに笑みを浮かべてから、真剣な表情に戻った。

「お父《とう》さんから事情は聞いてます。暫《しばら》くは大変なこともあると思うから、できるだけ出席点とか融通利かせられるようにするわね。あとは気分が悪くなったら、適宜保健室に行くこと」

「はい。ありがとうございます」

……父さんか。

関係性が希薄だが、最低限学校への連絡などはしているようだ。

そうでなければ一人暮らしをさせている状況が露見するから、なんて不純な動機のような気がするけれど。

そして息子である俺としても、下手《へた》に今の環境は変えたくない。

父さんは病院にも学校にも連絡してくれた。

今はそれだけで充分だ。

父《とう》さんが望んで俺と顔を合わせないなら、能動的に接触を図るほどのモチベーションは俺にはなかった。

「それと、私は湯川由美子《ゆみこ》です。昨日は自己紹介できなくてごめんね？　私、去年も君の担任だったから。あの場で自己紹介すると、皆《みな》んなに違和感覚えさせちゃうと思って」

湯川先生の発言に、俺は思考を中断して返事をした。

「いえ。周りに事情を伏せようとしたら、どうしたってそうなりますから……それに、去年の俺を知ってる先生が担任だと回復にも繋《つな》がりそうで嬉《うれ》しいです」

「そう言ってもらえると助かるわ」

湯川先生はニコリと口角を上げた。

「ということで、真田《さなだ》君にはサポート係をつけようと思ってね。湊《みなと》さんと有栖川《ありすがわ》さんにそれぞれ頼んであるから、先生の他は彼女たちを頼って。他の生徒は君の事情を知らないし。よね？」

湯川先生が明日香に視線を移した。

「はい。むしろ勇紀《ゆうき》の話は、私一人で留《とど》めたかったですけど」

「そんなこと言わないでよー、さすがの湊さんも他のクラスの中までは目が届かないでしょ？」

「カメラ仕掛ければ届きますけど」

「怖えよやめろ！」

「冗談よ、うっさいわね」

「にしては声《こえ》が平板すぎるんだよ！」

俺が息を吐いてみせると、湯川《ゆかわ》先生は目を瞬《まばた》かせてからジッと見つめてきた。

まるでこちらを観察しているような印象を受ける視線だ。

「湊《みなと》さん、真田《さなだ》君ってかなり溌剌《はつらつ》としてるね？」

「はい。元々こんな性格でしたよ」

「そうなの。去年はあんまり喋《しゃべ》れなかったから……」

湯川先生は気を取り直したように、書類に目を落とした。

「部活とかの話は、また今度でいいかな。今は色々あるだろうし」

「おお、助かります。俺今運動とか自信ないんで」

そう答えると、湯川先生は優しい笑顔で頷《うなず》いた。

「そうね、今は大変な時期だし。君の事情に助けになってくれる人はここにいるから、一人で溜《た》め込《こ》まずにね」

「ありがとうございます……先生厳しいって言われてましたけど、めっちゃ優しいですね」

「私厳しいって言われてるんだ……ショック……」

湯川先生は予想外にダメージを受けたらしく、ガックリ項垂《うなだ》れる。先生の様子に、明日《あす》香《か》は慌てたようにフォローした。

「良《い》い先生ですよ！　ホラ私が髪染めなくていいのって先生のおかげですしっ」

「湊さん……それすごく都合の良い先生って言ってるように聞こえるわ」

「うげっ、退散しよ」

明日香はそそくさと職員室を後にする。

後ろから追いついてきた俺に、明日香は頭を掻《か》きながら言葉を紡ぐ。

「良い先生でしょ？」

「お前のお陰でよく分かったけど。あの先生に心配してもらえるなら、記憶無くなったのも悪くないな」

「ばか、それは全然悪いわよ。早く取り戻しなさいよね」

「分かってるよ、ジョークだって」

俺は軽く笑ってから、言葉を続ける。

古びた廊下は、やけに声を響かせた。

「なあ、今までの俺ってなんで友達いなかったんだ？」

明日香は一旦立ち止まり、思案するように顎に手を当てた。

「難しいわね。うーん……人にあんまり興味なかった感じ？　まあ、ただのボッチ気質《きしつ》ね」

「なんでストレートに言ったの？　最初オブラートに包もうとしてくれてたよな？」

「面倒になった」

「せめて弁明しろ!」

俺のツッコみに、明日香《あすか》は肩を揺らして笑う。

彼女の笑顔を見ながら、俺は思考を巡らせた。

過去の性格。

同じ〝真田勇紀《さなだゆうき》〟にもかかわらず、どうも今の性格と乖離《かいり》している気がする。

少なくとも——今の俺も、俺なんだけどな。

古びた校舎の匂いが、鼻の奥をツンと突いた。

七話　冷えた紅茶と入道雲

二年三組。

まだ登校二日目で判断するには尚早かもしれないが、このクラスの雰囲気は悪くない。

クラスの中心人物たちが明確に存在しているのが遠因しているのか、悪ふざけなどで目立とうとする輩《やから》は皆無だ。

クラスの雰囲気は目立つグループたちから大いに影響されるらしいが、それに鑑《かんが》みるに有栖川《ありすがわ》や夢咲《ゆめさき》の存在は皆《み》んなにとってプラスに働いているに違いない。

四時間目の授業をそっちのけに思案していると、前方から声が飛んできた。

「有栖川さん、この斎藤道三《さいとうどうさん》が統治した国の名前は？」

「美濃国《みののくに》です。カッコいい名前ですよねぇ」

「余計なことは喋《しゃべ》らない」

先生のツッコミに、クラスに小さい笑いが起こる。

日本史の先生も口角を上げており、良《い》い雰囲気だ。

有栖川《ありすがわ》は長々と喋《しゃべ》ることもなく、適度に雰囲気を和ませる。

チラリと横目に見ると、当の有栖川はノートにイラストを描き始めている。

目を凝らしてみると、先生らしきイラストが授業の内容を喋っている構図のようだ。

肝心の内容が書いていないので、ノートとしては全く意味を成さない。

こうした理解の難しい行動も、有栖川の魅力の一つ——かもしれない。

一人で苦笑いしそうになった時、廊下から隣のクラスがドッと沸く声が聞こえた。

何人かのクラスメイトが興味をそそられたように、黒板から廊下へ視線を逸《そ》らす。

「盛り上がってるねぇ」

有栖川はそう呟《つぶや》いて、こちらに向けてニコリと口角を上げた。

「交ざりたい？」

「いやいや、絶対浮くだけだろ。何せ友達ゼロ男だ」

「ふふ。明日香《あすか》さんもいるし、意外と楽しいかもよ」

俺はペン回しをやめて、有栖川に目をやった。

高尾《たかお》や夢咲《ゆめさき》に声が届きかねない状況で交わす言葉じゃない。

結果、俺の口から出たのは四文字だけだった。

「へいへい」

「こらキミ、この私を流すでないっ」

そこまで小声でやり取りしたところで、先生がジロリと視線を向けてくる。

俺は慌ててノートに視線を落とし、黙々と授業を受けるフリをした。

隣の有栖川は、何食わぬ顔でお絵描きを再開している。

また廊下から笑い声が聞こえてきた。

……二組の中心人物は、やっぱり明日香なんだろうな。

明日香にはちょっと荒っぽいところがあるが、心根の優しさが伝わってくる。

頼みの綱に明日香がいることは、俺にとってとても心強い。

キーンコーン――

チャイムが鳴り響き、俺は思考から離脱する。

待ちに待った昼休みの始まり。真っ先に声を上げたのは、前の席に座る高尾だった。

「疲れたー！　マジ疲れた腹減った！」

溌剌《はつらつ》とした大きな声に、彼の隣に座る夢咲がビクリと肩を震わせる。

「なー、今日どうする？　せっかく昨日真田《さなだ》復帰したし、席近いこの四人で飯でも行っちゃう？」

高尾は軽い口調で夢咲に話し掛けた。

俺にとってはひとえに嬉《うれ》しい提案だったが、女子二人はどうだろう。夢咲は肩まで掛かる赤髪を手で梳《す》いて、不満げに口を開いた。

「アンタうっさいのよ、もーちょい静かに喋《しゃべ》ってくれない？　耳キンキンすんだけど！」

「あれ、怒ってる？　ごめんて、静かに喋るから……」

高尾《たかお》の陽気な顔がシュンと萎《しぼ》む。

その光景に、夢咲《ゆめさき》はバツが悪そうな表情を浮かべる。

「あー、いや……イインだけど。でもゴメン、私今日生徒会に呼び出されてるんだよね。だから今日は不参加で」

夢咲が言うと、高尾はガッカリしたように返事をした。

「まじかー。真田《さなだ》復帰の直後だってのにぃ。復帰は一回しかないんだぜ？」

「そうだったらいいんだけどな……」

俺がげんなりと呟《つぶや》いた。

記憶が戻って頭が割れそうだ！なんて現象が起きたら、また学校から離れてもおかしくない。

夢咲は俺の返事に何を思ったのか、「ごめんね」と謝ってくれた。……意外と優しい。

しかしその謝罪に返答したのは高尾だった。

「俺が許さないぜ！」

「アンタは黙れ。仕方ないでしょ、アンタと違って忙しいの」

「俺だって忙しいですー！　忙しい合間を縫って昼休みを過ごそうとしてるんですー！」

高尾の抗議に、夢咲はウンザリしたように肩を竦《すく》めて、「はいはい、そういうことにしとくわ」と流した。

やっぱり何だかんだでこの二人の仲は良さそうだ。

「じゃ、私も今日はパスで。丁度約束あるし」

有栖川《ありすがわ》もニコリと口角を上げて、腰を上げる。

高尾は有栖川に対して抗議する勇気はないようで、「え〜」と残念そうな声を出すだけだった。

……てっきり今日も二人で食べるのかと思っていた。

俺も有栖川の返事に少し戸惑ったが、この場で引き止める訳にもいかない。

有栖川は俺の視線に何食わぬ顔で見つめ返した後、おもむろに立ち去ってしまった。

夢咲は教室から出る有栖川の背中を見送ってから、「じゃー私も、そーゆーことで」と言葉を残し、あっさり去っていく。

廊下には取り巻きのような生徒たちが待機していて、その光景を見ていた高尾は「まあ……人気者たちだもんなあ」とガッカリしたように呟いた。

でも、俺にとってはただガッカリするだけじゃない。

恐らくこの後俺は高尾の男子グループに取り込まれるだろうし、そうなったら友達の少ない俺にとっては嬉《うれ》しい時間になってくれる。

「なー、真田《さなだ》」

高尾《たかお》は申し訳なさそうに俺を見て、頭をガシガシ掻《か》いた。

「俺も今日ちょっと、元々先に抜けなきゃいけない予定だったんだよな。さっきはとりあえず夢咲《ゆめさき》を交ぜるために提案したんだけど……いやもちろん復帰を祝うつもりもありつつな？」

高尾は苦笑いを浮かべる。

言いたいことを察した俺は、口元に笑みを浮かべた。

「おう、それなら仕方ないな。俺もちょっと考えるわ」

「悪いな。明日菓子パン奢《おご》るわ！」

高尾は両手を合わせて、三組の教室から出て行った。

俺はそれを見送りながら、ニッコリ笑顔で想《おも》いを馳《は》せる。


ブッチャケ今、見栄《みえ》張った。


クラス内にアテのない俺にとって、本当は力ずくでも引き止めたい状況だったのに。

誰だって一人で昼ご飯は食べたくない。

一人になった途端、三組の教室がやたらと大きく感じてしまう。

昼休みが始まって数分しか経《た》っていないのに、教室に残るのは女子グループが二つだけになっており、皆《み》んな弁当箱の蓋を開けている。

……やばい、すっかり出遅れた。

一人の俺を気遣わしげに見てくれる人もいるが、声を掛けられるのも緊張してしまう。

何よりクラスメイトといえど、単身で女子グループにお邪魔するのは憚《はばか》られる。

「あ、あいつらに合流しようかな～」

俺はわざとらしく言い残し、教室を出た。

一人で昼食を取ることに、なんで恥ずかしく思わなくちゃいけないんだ。

そんな疑問もありながら、この羞恥心は正常に戻った証《あかし》な気がして悪い気はしない。

でもやっぱり、恥ずかしいものは恥ずかしい。

誰も独り言に反応しなかったのが、俺の羞恥心を更に加速させた。

◇
◆

勇気を出して明日香《あすか》のいる二組に顔を出したが、運悪く席を外していた。

泣く泣く一人で食べる覚悟を決めた俺は、結局食堂に赴いている。

混雑した空間に身を置けば、一人で食べていても目立たないと考えたからだ。

中央付近の席に座れば注目を浴びかねないが、端っこの席なら大丈夫のはず。

そもそも知り合いでもない限り、人は他人に興味がない。

元々友達のいなかった俺に、注目する生徒自体が少ないのだ。

実に悲しい理由だけれど、その事実は今の俺に都合が良かった。

そう思案しながら、券売機への列に並ぶ。

列には一年生から三年生までがバラバラに並んでおり、券売機が二つしかないのはミスに思えてならない。

四つもあればこの混雑はマシになりそうなものだが、昼休みのためだけに増設するほどの予算は出ないのだろう。

教室にエアコンがついていないあたり、この推測は当たっている気がする。

それから長蛇の列に五分ほど並んで、ようやく券売機前に辿《たど》り着《つ》く。

メニューの候補はコロッケ定食、焼肉定食、ラーメンに天津飯《てんしんはん》。

本当はじっくり悩みたいところだけれど、後ろの列を考慮して手早く塩ラーメンのスイッチを押した。

特に思慮なく押し込んだボタンだが、どこか馴染《なじ》みのある感覚だった。

人の流れに乗ってカウンターへの列に並び、食券をおばちゃんに渡す。

脇で二分ほど待機していると、湯気の立ち上る塩ラーメンがカウンターに現れた。

「あーい塩ラーメン！」

「ありがとうございます……」

「元気ないねー、美味《おい》しいもん食べて元気出しな！」

「うあーい」

長蛇の列を捌《さば》くことに必死なおばちゃんは大変そうだったが、同時に人の温かみを感じる。

人と交流することで得られる感情は、交流する相手によって千差万別らしい。

ホッと一息つけるような安心感だったり、次に何が起こるのか分からないことへの高揚感だったり、もっと仲良くなりたいと思わせる興味だったり。

俺自身が誰かと交流する際は、相手にどんな想《おも》いを抱かせるのだろう。

少なくとも今しがた視線の合った生徒には、プラスの感情を抱かれていそうだ。

今朝《けさ》遅刻している最中に言葉を交わした後輩カノジョ——笛乃《ふえの》ひな。

彼女の眼前に置かれたうどんの容器は小さい身体《からだ》のどこに入るんだと問いたいくらいの大きさだ。ひなは俺を見つけるや否や立ち上がり、ブンブン両手を振った。

「先輩！　先輩！」

「あれ、ひな」

気恥ずかしさから、思わずスカした返事が出てしまう。

少しわざとらしかったかな。

しかしひなは全く気にした様子もなく、「どーぞ！」と正面の椅子を押す。

俺が座るスペースを空けてくれたのだ。

「さんきゅー」

スカすな、俺。

心の中で自分にツッコミを入れながら、ひなの正面に座る。

二人用のテーブル席なので、結構距離感が近く、お陰でひなの顔がよく見える。

パッチリお目目は俺の倍はありそうで、これが同じ人間だと思うと相当不思議だ。

丸みを帯びた鼻は小動物を彷彿《ほうふつ》とさせ、茶髪のボブも相まって愛くるしい。

しかしそんなことは言葉にできず、俺は両手を合わせてから塩ラーメンに箸をつけた。

スープを飲み、メンマを食べ、そして待ちに待った麺の出番だ。

「もぐ……っ！」

目測を誤ったようで、大量の麺で口内が一杯になった。

……これは咀嚼《そしやく》にかなりの時間が掛かりそうだ。

「先輩のあっさりな反応、いいですねぇ……」

「……」

「ふふ、最初はスープ、そしてメンマでしたかぁ。分かります分かります、まずはその辺りから攻めたいですよね」

「……」

「あ、そういえば前は麵と同じペースでもやしは沢山食べてましたよね。でも一つだけしかないナルトを終盤に残すのは先輩らしいなあ。今日も絶対残しますよね？」

「……」

「食堂の麵って太めですけど、それがまた美味《おい》しいですよねぇ。先輩って普段硬めの細麵が好きだと思うんですけど、食堂でもラーメンを注文する頻度が高いのは美味しいからですもんね」

ゴクン。

「なんで一人で喋《しゃべ》れるの⁉　食いづらい通り越して怖いんだけど⁉」

ようやく嚥下《えんげ》した俺が、箸を置いて声を上げる。

するとひなは目をパチクリさせた。

なんで俺が変なこと言い始めたみたいな反応なんだよ。

「え、そのまま食べてていいですよ？　私、見てるだけなんで」

「それがとっても怖いんですけどね……？」

俺が一旦箸を置くと、ひなはちょっと申し訳なさそうに笑った。

「だってー、さっきまで一人で食べるの寂しかったんですよ。先輩で供給しなきゃ、ウサ

ギちゃんになっちゃいそうです。あ、先輩がいなきゃ死にそうって意味なんですけど。あ～神様、私先輩の出てくるガチャが引きたぁい」

「ひなって友達いないのか？」

「いませんよ？」

「いないんかい！」

　思わずツッコんでしまった。

　あまりにもサラッと言葉を返されたこともあり、全く重苦しさを感じない。

「じゃあ今日遅刻してたのもそれが理由か」

「それは違いますよ、先輩に会いたかったからです！　もー、何度も言わせないでくださいよっえへへへ」

「……」

「引かれるのは悲しいですぅ……」

「情緒についていけないです……」

　俺はげっそりして、塩ラーメンのスープを蓮華《れんげ》で掬《すく》う。

　口に流し込むと、疲労を一瞬で溶かしてくれた。

「なあ、今朝《けさ》待ってる時間苦痛じゃなかったのか。ラインで言ってくれたら時間合わせたのに」

「先輩遅刻してたじゃないですか」

「それはまあ、うん。……ごめんなさい」

急な返し刀に身体《からだ》を刺され、口から謝罪が漏れる。

ひなはクスクス笑ってから、言葉を紡いだ。

「先輩に会えない時間はいつも苦痛ですよ、私」

「じゃあそれ以外で」

「ぷー」

ひなは不満そうに口を尖《とが》らせてから、思案するような仕草を見せた。

「うーん……川の匂い好きなんで、先輩に会えないことを除けば大丈夫でしたかね？　のんびりするのも好きなので」

ひなはそう言って、ようやくうどんを啜《すす》る。

俺が合流してから、ひなは一度もうどんに手をつけてなかったのだ。

長い睫毛《まつげ》に、ほんの僅かに下がった目尻。

こんな後輩を誑《たぶら》かした前の俺、本当に天罰が下るべきだ。

いやだから一応下ったんだって。

俺は自分一人でつっこみながら、ひなに一旦同意した。

「分かるよ。俺も、あの川の音聞いてて和んだことあるから」

「えへへ、そうなんですね！　共通点1アップ、仲の良さ8アップ！」

「だからそれどういう計算なんだよ！」

「私の頭エクセルなんですよね……」

「舐《な》めんな天下のエクセルを！」

ひなが空《から》のコップに水を注《つ》ぎ、俺に渡してくれる。

それから無言で食事に戻るあたり、特に俺の発言は気に留めていないようだ。

「ありがとう」

「ふふ、ありがとうって言ってくれてありがとうございます」

「なんだそれ、素敵な返事だな」

「ふわぁ……せ、先輩が私のこと素敵って――」

ひながそう返そうとしたところで、「うおお！」「うえあ！」と辺りがざわついた。

動物園か。

俺はそう思いながら振り返る。

今しがたの声は、ひなと同じ一年生たちのものみたいだ。

制服の着こなし方に初々《ういうい》しさを感じさせる男子たちが、「二年の先輩たちだ」「えぐ可愛《かわい》いな！」という言葉を興奮気味に交わしている。

彼らの視線を辿《たど》っていくと、見覚えのある二人が食堂へ入ってくるところだった。

それは華やかで、鮮やかな二人。

「うえあ……」

俺の口から、一年生たちと同じ声が出た。

その二人、三大派閥の筆頭。有栖川《ありすがわ》と明日香《あすか》である。

改めて遠目に眺めると、彼女たちの容姿は一層際立っていた。

彼女たちが並んで歩けば、ただの通路も装飾の施されたランウェイのように華やかな雰囲気へと変貌を遂げる。

芸能科が廃止されたらしい遊崎《ゆうざき》高校だが、あの二人は確実にその雰囲気を纏《まと》っている。
二、三年生はさすがに慣れているのかチラリと横目に見る程度だが、入学して間もない一年生たちの視線が釘付《くぎづ》けになるのも理解できる光景だった。
……それにしても、明日香と有栖川が二人きりで食堂に来るのは不安しかない。

ただでさえ教室では一触即発の雰囲気だったのに。

明日香はちょっと反省した様子だったから、変なイザコザが起こらないと信じたいけれど。

明日香と有栖川は俺に気付くことはなく、真逆《まぎやく》の箇所にある席へ歩を進めて腰を下ろす。

二十メートルほど離れた席なので、彼女たちがこちらに気付く可能性は低い。

「先輩……行かなくていいんですか？」

ひなはいつになく気まずそうな表情で訊《き》いてきた。

「え？　うん、まあ」

有栖川は約束があると言っていたけど、それが明日香との昼食なんだろう。

明日香が二組の教室にいなかったのも、有栖川と行動したからだと合点がいった。

明日香も俺に声を掛けなかったあたり二人で過ごしたいのだろうし、俺が行けばむしろ何か拗《こじ》れそうだ。いやもう絶対に拗れる。

「行かなくていいや」

「……そうなんですね。えへへ、ありがとうございます」

ひなが嬉《うれ》しそうに笑みを溢《こぼ》す。

嫌味《いやみ》を感じさせない、純度の高い笑顔。

こんなに純粋そうな女の子が――彼女だなんて。

ズキンと、胸が痛んだ。

「ごめんな。……こんな彼氏で」

「ふえ？」

ひなは目を瞬《まばた》かせる。

ゴッキュンと喉を鳴らした後、ブンブンとかぶりを振った。

「ぜぜっ全然です！　私、一番の新参者ですし、むしろ私はお邪魔なんですから！　だから先輩の傍《そば》にいられるだけで幸せっていうのは嘘《うそ》じゃないですよっ本来いちゃいけない存在ですもん！」

ひなは捲《まく》し立《た》てるように言葉を並べて、「だから」と言葉を続ける。

「先輩たちの仲に入り込めただけで、私には僥倖《ぎょうこう》なんですよ」

俺はコップをテーブルに戻し、口を開いた。

「……そんなこと言うなよ」

「え？」

今の俺に励ます資格なんてあるはずない。

記憶を失ったといえど、治療のためといえど、こうして今も三股という環境を受け入れている存在だ。

平たくいえば自分を優先する自己中心的な男。

だけど、それでも。

――〝いちゃいけない〟という言葉だけは許容できなかった。

いちゃいけない人間なんて、此処《ここ》には一人だっていないはずだ。

「ひな、俺がいなくなると悲しいか？」

「はい、死にますね」

「それはちょっとどうかと思うけど。でもまあ、要はそれだ。俺がいなくなると悲しいってことだろ？　同じように、俺もひながいなくなると悲しい。きっと皆《み》んな、そういう存在がいるんだって」

俺が言葉を紡ぎ出すと、ひなは大きな瞳をキラキラさせた。

瞳から星々が溢《あふ》れてきそうな勢いだ。

「せ、せんぱぁぁぁい……カッコよすぎます、推しからの供給が尊いですぅ！」

「な、なんだそれ！　俺結構真面目《まじめ》に言ったんだぞ！」

「分かってます分かってます、だから嬉《うれ》しくてっえへへ。でも先輩、〝いちゃいけない〟ってあくまで恋人としてとかそういう意味でしたよ」

「た——確かにそうか。ちょっと話が飛躍しすぎたな……ごめん」

「全然全然、嬉しいです！」

どうも一部の言葉に過敏に反応してしまうようだ。

俺は頭を掻《か》いて、ラーメンに意識を戻す。

薄くスライスされたチャーシューを口に含むと、肉汁とスープが絡み合って幸せな気持ちにさせてくれた。

「そういやダメ元で訊《き》くんだけどさ、ひなって前の俺について何か知らない？」

ひなの動きがピタリと止まる。

そして、おもむろに小首を傾《かし》げた。

「何かってどういう？　性格とかです？」

「いや、どちらかというと周りからの評判とかかな。他人についての評判はまず自分で確かめたいんだけど、自分についての評判は知っておいた方がいいかなって思ってさ」

「なるほど！」

「まあ学年も違うし知らないとは思うんだけど」

「知ってますよ？」

「知ってるの⁉」

喋《しゃべ》りながら別の話題に切り替えようと思っていた俺は、箸を取り落としそうになった。

ひなはうどんをチュルチュル啜《すす》った後、コクリと頷《うなず》く。

「だって、先輩も有名でしたよ。明日香《あすか》さんとか有栖川《ありすがわ》先輩と仲良しですし、やっぱり目立ってました」

「ゆ、有名？　俺たちの仲、一年生に知られるほどなの？」

有栖川や明日香が有名人だからか。

認識が甘かった、学年の一部に止《とど》まっていると思っていた。

俺が訊《き》き返すと、ひなは小さく頷く。

「向かいの中学に通ってた人なら結構知ってるんじゃないですかね。有栖川先輩は明日香さんに憧れて遊高《ゆうこう》を目指す人もいましたし。私は先輩に憧れた口ですし」

ひなはそう言って、うどんをツルツル口に流し込む。

やがて俺の続きを促す無言の視線に、ドギマギしたように嚥下《えんげ》した。

「……先輩の顔面、最&高……」

「いいから続き」

「はいっすみません！」

ひなはハッとしたように目を見開いて、丁寧に教えてくれた。

「この遊崎《ゆうざき》高校は、ご存じの通り三年前まで芸能科が存在してました。廃止された今でも卒業生たちの力で、特に女子の倍率は鬼高い学校です。だから顔面偏差値は近辺の高校の中では抜きん出ている訳ですが……」

ラーメンを啜りながら聞いても、あまり味はしない。

どうやら俺は、思ったよりこの情報に興味をそそられてるみたいだ。

「中でも現二年生は別格。芸能科があった時よりも逸材が集まってる！とOGがインスタで呟《つぶや》いて以来、学内では黄金世代みたいに言われてます」

「なんかそれ……男子の立つ瀬がないな」

「とっても可愛《かわい》い人が多いですし、女子に権力を握られるのも男子たちは喜んでるみたいですね。気持ち分かりますとも……」

なんでひなが分かるんだよ。いや俺もちょっとだけ分かるけど。

「その黄金世代の中でも、抜きん出た三人が出現！と一部の噂《うわさ》好きたちの間で囁《ささや》かれ始め、広まったのが三大派閥の名称という訳です！」

「はぁ……」

色々察した俺が目を細めると、ひなが頬《ほお》を膨らませる。

「先輩っ反応薄い！　こんな乙女《おとめ》ゲー……じゃない、ギャルゲーみたいな設定中々お目にかかれないですよ！」

ひなは厳《おごそ》かに作られた声色で言葉を連ねた。

どうやら説明してる間に興が乗ったみたいだ。

「一人目！　この学校では知らない人無し！　人気モデルの有栖川《ありすがわ》先輩！　いきなりの異色、唯一どのグループにも属さない人。その身単体で集めた人気で、そのまま派閥って言われちゃったみたいです」

つまり、有栖川単体で派閥ってことか。最初に考えた人は派閥の意味を調べた方がいいな。しかしそれが広まるということは、有栖川が単体でも他二人のグループに対抗できるほどの存在感ということだ。

「二人目！　その有栖川先輩がしつこくモデルに勧誘して止《や》まない、生徒会の明日香《あすか》さん！　この二人がこの高校の美貌を担う双璧だって一部の男子たちからの評判です」

当然だと言わんばかりの口調。

明日香と有栖川からは互いを良く思っていない雰囲気も感じていたけど、ひなはそうではないらしい。

「三人目！　夢咲《ゆめさき》先輩。そうですね……とにかく一番派手で、大きいグループです。唯一ほんとの派閥みたいになってますし、私はあのグループ怖いですね」

先ほど廊下にいた、夢咲の取り巻きたちが脳裏を過《よぎ》る。

確かに、明らかに取り巻きみたいな人がいたのは夢咲だけだ。

「そして私の推しの真田《さなだ》先輩！　有名人の有栖川先輩と、唯一仲の良い男子。そして明日香さんの幼馴染《おさななじみ》！　顔も私はタイプですし、こう独特な雰囲気が他者を寄せ付けない！でも逆に気になる、みたいな！」

「なんで俺が入ってんだよ!?　ほんとの異色俺じゃねーか！」

「冗談です！」

ひなってたまにぶっ飛んでる。

俺は一口、二口とラーメンを食べつつ、自身への評価について思考を巡らせた。

顔がイケてるというのはひなの主観によるところが大きいだろうけど、他の評判は強《あな》ち外れていないのかもしれないと思ったのだ。

教室の俺に対する目線は、言われてみれば〝気になるけど話しかけづらい〟に近い気が──しなくもない。

　でも、その理由にはある程度納得できた。

「やっぱり有栖川《ありすがわ》と明日香《あすか》ってとんでもないんだな。俺の知名度って、全部あの二人関連ってことだろ」

　しかも、夢咲陽子《ゆめさきようこ》とも席が近いときた。

「それは——そうですね。初めに気になったのは、あの二人が目立ちすぎた故《ゆえ》かもです」

　ひなもそこは素直に認める。そしてこう付言した。

「これ以上推す人が増えたら困るので、先輩はもう目立たないでくださいね！」

　ひなは頬《ほお》を緩めると、うどんをぱくぱく食べた。

　その姿は小動物を彷彿《ほうふつ》とさせて可愛《かわい》い。

　でも、俺の胸中はちょっとだけ灰色だった。

「友達もいなかったってのに、ちょっと情けない話だなぁ」

　そう言って、俺は笑みを溢《こぼ》す。

「先輩？」

　まあ、こんなに可愛い彼女を前にしての感想でもない。

　目覚めた直後からある環境だから慣れてしまっているが、ある意味能力よりも貴重な人たちが周りにいてくれる。

「対等に打ち解けてるように見えるからこそ有名だったんですよ？　先輩は一目置かれて

いたと思います」
「そっか。まあ……そうだったらいいな」
ひなのフォローに感謝して、俺はラーメンに視線を落とす。
スープをぐるぐる、ぐるぐるかき混ぜる。
食べようと箸に手を付けた瞬間、横を人影が通った。
その人影の歩く速度が緩まった気がして、俺は横に視線を流す。
人影は身長160センチほどの女子。
長い睫毛《まつげ》の中から菫色《すみれいろ》の瞳がこちらを覗《のぞ》いている。
そして何より目を惹《ひ》くのは、燃えるようなワインレッドの髪。
見覚えあるどころか、我らが二年三組のリーダー。
三大派閥が一角の主、夢咲陽子だった。
「あれ、真田《さなだ》。なんでアンタ食堂いんの？」
「うお……」
夢咲陽子と、その取り巻きが二人ほど。
ザ・強い女グループの面々といった雰囲気だ。
夢咲の他には茶髪ロングのギャル、黒髪短髪のキツめ顔。
三大派閥みたいな名称を聞いたばかりだからかもしれないが、入院中に読んだ漫画の中にも描かれていたカースト上位グループが、そのまま現実に飛び出してきたみたいだと思った。

夢咲《ゆめさき》は殆《ほとん》ど立ち止まって俺たち二人を眺めた後、こちらに歩み寄ってくる。

「つか、よりによって笛乃《ふえの》と一緒だし」

「夢咲……先輩」

夢咲はひなの返事に反応しない。

どうやら二人は知り合いのようだが、仲が良好ではないようだ。

夢咲は俺に視線を向けたまま、ひなに問いを投げた。

「ひなさ、最近仕事は？」

何かのバイトの話だろうか。

上級生の中でもトップクラスのカースト、三大派閥の夢咲からの質問に、ひなはおどおどといった様子で口を開く。

人見知りを発動しているのか、単に夢咲陽子《ようこ》という存在に圧倒されているのか、それとも。

「……し、しっかりお休みしてますよ」

「そう。それはそのまま休みは続けられそうなの？　他に仕事は入ってこないようになってんの？」

「ちょ、調子が悪いって言ってるので……」

「へぇ……そう。まあ、早く辞めなよ」

心配しているにしては、夢咲の声色は教室で聞いたことのないような冷たいものだった。

高尾《たかお》にだってここまで冷ややかな表情を浮かべている姿は覚えがない。

うん、この二人の相性も悪そうだ。

「ねー、もしかしてこの二人って付き合ってる？　もう？　マジヤバくね」

取り巻きの一人、黒髪短髪が疑問を投げた。

そして別の一人、茶髪ロングも言葉を連ねる。

「つーかうち今日遅刻したんだけど、この人ら二人で登校してたワ」

夢咲はピクリと反応して、ひなに近付いた。

どこか嫌な雰囲気を感じる。

こんな嫌な空気が流れているのは、この食堂の中ではきっと此処《ここ》だけに違いない。

「前にも言ったけどさぁ。アンタ、分かってんの？」

「はい。肝に銘じてます」

ひなは唇をキュッと結んで、俯《うつむ》いた。

明らかに萎縮している様子だ。これはもう詰められていると言っていい。

見ていられなくなった俺は、思わず夢咲に口を挟んだ。

「なあ、夢咲《ゆめさき》……なんか、らしくないぞ？」

夢咲が俺に視線を向ける。

菫色《すみれいろ》の瞳は、教室で見せたどの瞳よりも冷えていた。

「らしくない？　そんなの言われるほど、私ら付き合い長くないんだよね」

「それは……その通りなんですが」

夢咲とは昨日初めて言葉を交わしたばかり。

知り合ってたったの二日目だというのに、俺は何を口走っているんだ。

「……ふん、もういいわ」

夢咲は思い直したらしく、俺に近付いて視線を落とした。

ラーメンは容器にまだ半分以上残っている。

「真田《さなだ》はメンマ苦手なのね」

「え？　まあ、なんか箸が進まなくて」

「貸してみ」

夢咲は新しい箸を取り出すと、メンマを食べてくれた。

前の席でひなが「あっ」と小さな声を上げたが、夢咲は気が付かなかったようだ。

俺はどう返事しようか迷った末、場を収めるためにお礼を言った。

「サ……サンキュー」

「んーん。変な空気にしちゃった詫《わ》び」

夢咲は軽く笑ってから、俺を上から見据えた。

そして少し離れると手招きして、俺を近くに呼び付ける。

俺は断るのも不自然かと思い、呼び付けに応じて腰を上げた。

歩を進めると、後ろから黒髪短髪が「あれれ、良《い》い感じじゃーん」と囃《はや》し立《た》ててきた。

真田勇紀《ゆうき》——三大派閥グループからの評判も良さげとは。

でも考えてみれば、そのうちの筆頭二人と仲が良い時点で何ら不思議もない。

そのまま数メートル歩を進めたところで、夢咲は振り向き様に言った。

「真田さ。昼ごはん食べる相手とか、もうチョイ考えなよ」

「え？」

「周りに見る目ないって思われんのイヤでしょ？　真田には忠告しておいてあげる。勿体《もったい》ないわよアンタ」

……なんだそれ。

正直少し不快になったが、大っぴらに態度には出せない。

「……意味がよく分かんないけど。なんでひなと一緒にいるのが見る目ないんだよ」

俺の問いに、後ろの取り巻きが甲高い声で答えた。

「あの子、人を誑《たぶら》かすことで有名だから〜。周りからも避けられてるの知らないノ？」

夢咲《ゆめさき》は小さく頷《うなず》いて、息を吐いた。

「そういうこと。なんで知らないのよ、ったく」

「いや……確かに知らなかったけど。でも、誑《たぶら》かすとかちょっと言い過ぎじゃ……」

「実際一緒に登校してたジャン」

茶髪ロングの取り巻きが笑った。

夢咲は少し苛立《いらだ》ったように息を吐き、背を向ける。

そしてこう言い残した。

「今日であいつと絡むの最後にしておきなよ。……で。アンタら、ほんとに今日一緒に来たの？」

「……うん。それは事実」

「……そ」

明らかに不機嫌そうな表情を俺の目に焼き付けて、夢咲は遠ざかっていく。

その背中を見て思う。

——夢咲、気性が荒いな。

リーダー気質《きしつ》であることには間違いないだろうけど、どちらかというとプライドの高さの方が顕著に感じる。

明日香《あすか》にも時折気の強さを感じるが、明らかに別種の荒さだ。

明日香や有栖川《ありすがわ》は夢咲について何も明言していなかったが、その理由が分かった気がした。

◇◆

食堂を後にした俺は、自販機でオレンジジュースを買う。

そして、後ろに佇《たたず》むひなに目をやった。

「ひなは何がほしい？」

「わ、私ですか？」

「他に誰がいるんだよ」

俺が笑うと、ひなは嬉《うれ》しそうに頰《ほお》を緩めて、ポケットから財布を取り出した。

そして、百二十円を手渡ししてくる。

「これで、小さめの紅茶をお願いします」

「いや、奢《おご》るよ」

「大丈夫です、私先輩の負担にはなりたくないので。でも先輩に買ってもらったっていう推しイベントはほしいので、私のお金を使ってください！」

「そ……そうか」

俺は戸惑いながらもお金を受け取り、紅茶のボタンを押した。

ガランと、無機質な音が鳴る。

掌《てのひら》に転がした紅茶のペットボトルは、やけに冷えていた。

「さっき、夢咲《ゆめさき》先輩と何話してたんですか？」

「え？　……なんでもないよ」

咄嗟《とっさ》に誤魔化《ごまか》すと、ひなはクスリと笑った。

「やっぱり優しいですね、先輩」

「な、なんでだよ」

「だって……あの人から陰口がなかったなんて嘘《うそ》ですよね。私、夢咲先輩に目つけられてる自覚ありますから」

ひなは俺から紅茶を受け取ると、「えいっ」と一息に蓋を回した。

パチパチと蓋の取れる音。

ゴクゴクと喉を鳴らした後、ひなは口を開いた。

「愚痴られてましたよね、私。すみません、復帰早々気遣わせちゃって」

「いや、なんでひなが謝るんだよ」

俺は眉間《みけん》に皺《しわ》を寄せて、オレンジジュースのペットボトルをポケットに入れる。

買っておいてなんだが、甘いものを飲む気分ではなくなってしまった。

「あの絡み方、理不尽とは思わないのか？」

そう訊《き》くと、ひなは目をパチクリさせる。

「理不尽……なんですかね？　人の相性ってあると思いますし……」

「でも、あれは理不尽だぞ。少なくとも俺はそう思った」

「あれ、先輩怒ってます？」

「怒って……るかは分からないけど。夢咲の態度に不快にはなったな」

「……そんなこと言っちゃダメですよぉ、私が気にしてないんですから。逆らうのも良くないです」

ひなは苦笑いしてから、紅茶に口をつける。

すると先程の一件を全く感じさせない、純粋な笑顔が飛び出してきた。

「ふへへへ、やっぱり美味《おい》しい」

「な、なんで笑ってんだよ」

「あ、すみません。先輩から貰《もら》った紅茶サイコーでしたので」

ひなは紅茶を半分残して、いそいそと蓋を閉める。

昼休みの終了を知らせる鐘は、後数分で鳴る。

「……先輩に気遣ってもらえるの、素直に嬉《うれ》しいです。こういうイベントが偶発的に起きるから、学校っていいですよねぇ」

「イベント？」

「ですです」

ひなはコクコク頷《うなず》いた。

「乙女《おとめ》ゲーって、こういうイベントがあった方がより入り込めるんですよね。この先の期待感も膨れますし」

この先とは何を指すんだろう。

そう疑問に思ったが、キラキラした表情から思うに恋愛関連か。

つまり、俺か。

「だから先輩。私は大丈夫ですよ？　夢咲《ゆめさき》先輩との関係性なんて、今に始まったことじゃないですから。まあ今日みたいなのは初めてでしたけど……これでも結構楽しんでますしっ」

「……お前がそう言っても――」

「ふふふー。週末とかも会えたらいいですね、またラインしますから……てか先輩、そろそろ戻らないとやばいですよ！」

駆け出すひなに、タイミングを逃した俺は無言でついていく。

別校舎へ別れたひなの背中を眺めながら、俺は思考を巡らせた。

茶髪ボブの毛先がひょこんと跳ねて、夢咲との遭遇を経ても後ろ姿はいつも通りに見える。言動だって、本当に気にしていなさそうだ。
——いや、そんな訳ない。
きっと、慣れただけだ。
……それほど夢咲とひなのあのやり取りは常態化してるってことか？
だけど、遠回しに介入を断わられた。
その上で今の俺が首を突っ込んでいいことなのだろうか。
俺にその資格があるのだろうか。
後ろ髪がゆらゆら揺れる。
「……人間関係って難しすぎだろ」
以前の俺は、一人を好んでいたらしい。
こうした難易度の高い出来事に辟易《へきえき》して、一人を好んだのだろうか。
俺は小さく溜息《ためいき》を吐《つ》いて、窓越しの空へ視線を向ける。
昨日は雲ひとつ無かった晴天に、灰色の入道雲が湧き上がっている。
驟雨《しゅうう》の予感に、俺は唇をキュッと結んだ。

八話　前の俺、今の俺

「それはあんたが正解ね」

土曜の自宅、カウンセリング前の十三時。

キッチンに立ってくれている明日香《あすか》は、俺の話を聞いて溜息《ためいき》を吐《つ》いた。

リビングには魚の匂いが漂っているが、焦げないかが不安だ。

俺は食卓を拭きながら、明日香に返事をした。

「そうか？　正解には思えないぞ、正直」

明日香が返事をしなかったので、俺は続けた。

「直接的にいじめられてる訳ではなさそうだったけど。マズい環境に身を置いてる人を見捨てることには変わりない」

食卓に滑らせるタオルに、力を込める。

溜《た》まっていた僅かな汚れが、真っ白なタオルに吸い込まれていく。

ひなと夢咲《ゆめさき》の遭遇を目の当《ま》たり《あ》にしてから、二日が経《た》った。

時間が経っても胸につかえたものが未《いま》だに取《と》り除《のぞ》けず、明日香に事の次第を話して相談したのだ。

しかし返ってきたのは、意外に冷たい答えだった。

「二人が揉《も》めてたとしてもよ。その辺りは本人たちの問題でしょ？」

「でも、人が一人困ってるんだぞ」

明日香はキッチンから焦げた鯖《さば》の味噌煮《みそに》を持って、リビングに現れた。

結局焦げてしまった鯖に普段ならツッコみたいところだけど、今はそんな気分じゃない。

明日香は何故《なぜ》か初めからツッコまれることが頭になかったようで、諭すように言葉を並べた。

「あのねー。困ってる人を見つけるたびに助けてたら、この先の人生キリがないっての。どこかで線引きしなさいよ」

キッチンに戻った明日香は電気を消し、またこちらに視線を流す。

「実際あんたもそう思ったから、ひなちゃんに無理やり介入しなかったんでしょ。あんた自身が一回その判断を下したんだから、もうそのままでいいわよ」

胸中をさらけ出すような発言に、俺は思わず口籠《くちごも》った。

「つ……冷たいなっ」

「そう？」

彼女との間柄を互いに合意していることから、何らかの絆《きずな》があると考えていた。

しかし明日香《あすか》の反応を見るに、全くそうではないらしい。

明日香は俺の胸中を察したのか、肩を竦《すく》めてこちらに近付く。

「当然でしょ。私たち彼女同士よ？　あんたを中心に集まってるだけで、私たちは他人同士。むしろ敵に近いくらいだし」

食卓前の椅子に腰を下ろした明日香は、続けて言う。

「それに、夢咲《ゆめさき》さんは三大派閥の中で唯一ちゃんとした派閥よ。一回見逃すような中途半端な心持ちで逆らわない方がいい。私にとってはあんたの方が大切なのよ」

「……逆らわない方がいい、ね。ひなもそのニュアンスでなんか言ってたけど、理由でもあるのか？」

リーダー格という理由だけでは、明日香はそんな忠告はしない気がする。何しろ明日香だって、夢咲と同じ三大派閥の筆頭なのだ。グループは見たことないけど。

思った通り、明日香は頭を掻《か》いた。

「……まあいずれ知るかもしれないし、教える分には全然良《い》いけど。余計なことはすんじゃないわよ？」

「はーい」

「ほんとに？」

「まじまじ」

俺が口角を上げてみせると、明日香はジトッと目を細める。

しかしそれ以上追及することなく、口を開いた。

「ああ見えて彼女、有名企業の社長令嬢なの。彼女の取り巻きを除いたら、一部しか知らないことだけどね」

社長令嬢。

有名企業の社長令嬢。

「──えっ、社長令嬢!? 全然イメージと違うな!」

「ええ。あんた、知識自体は残ってるのよね？　だったらユメサキグループって覚えてんでしょ」

明日香の問いかけに、俺は脳内へ検索をかける。

三秒、四秒──

「うーん……ない」

「なんでないのよ!?」

明日香がびっくりしたようにツッコミを入れる。

「あんなに有名なのに……そんなにバカだったたっけ？　まあデリケートな問題だし、この辺にしとくけど」

「この辺の塩梅《あんばい》間違えてないか？　今お前普通にディスってたぞ」

「記憶違いじゃないかしら」

「なめんな俺の記憶力！」

俺は箸を明日香《あすか》の前に置きながら、精一杯の抗議をした。

しかし明日香は何食わぬ顔で両手を合わせ「いただきます」と言って、目の前に置かれたお箸を取った。

食べ始める前にと、急いで明日香に問いを投げかける。

「じゃあ明日香は、俺が夢咲《ゆめさき》に同じことされたらどう場を収めるんだ」

焦げた鯖《さば》に向かっていたお箸がピタリと止まった。

明日香はおもむろに視線を上げて、僅かに考える仕草を見せる。

そして拳をガッと握った。

「とりあえず夢咲さんの顔面ぶん殴るかな！」

「何も収まってなくない!?　むしろ死ぬほど揉《も》める気がするんだけど！」

「当然でしょ、あんたは私の彼氏なんだから。人の彼氏に手ェ出しといてまともに歩けると思うなって、舐《な》めた真似《まね》した女に分からせてやんのよ」

「怖い怖い、発言が暴力的で怖い！　どこの番長だ！」

俺が怯《おび》えた仕草をみせると、明日香は目を瞬《まばた》かせた。

そしてこともなげに言葉を返す。

「番長ではないけど、荒れてた時期もあったって言ったでしょ。ほんとにぶん殴る訳でもなし、そんなに怖がらないでくれる？」

「ほんとにぶん殴りそうだから怖いんだよなぁ……」

「あのねー、他人様《ひとさま》に迷惑かける行為はしてないっての」

明日香は髪を梳《す》きながらそう言って、少し遠い目をする。

そして思い直したように口を結んだ。

「……ま、あんたの家族にはお世話になっちゃったけどね」

「……そうか。でもまあ、母さんは迷惑に思ってなかったんだろうな」

「お母さんはそうだと思うけど。あんたが気にしてくれてたかは分かんないわよ？　そこが良かったんだけど」

「そ……そうか」

「……ん？　なによ」

――〝良かった〟。

過去形なことが気になったが、当時の話をしていたのだし、他意はないだろう。

俺は目を伏せる。

若干気まずい空気が漂っているのは気のせいだろうか。

鯖《さば》の味噌煮《みそに》の香ばしい匂いが心を和らげてくれて、俺は小さく息を吐く。
どれも今考えても仕方のないことだ。
「てか、そんだけ腕《うで》っ節《ぷし》があるなら夢咲《ゆめさき》なんて余裕で止められるんじゃないのか」
「男子の喧嘩《けんか》と一緒にすんな。一回揉《も》めたらそこで終わんのよ、女子の人間関係はね」
だから慎重にならざるを得ない。
でも、俺のためならそれらのリスクも顧みず助けに入る。
明日香《あすか》にとってのひなは、そうじゃない。
この単純明快な思考回路に、俺は納得してしまっていいのだろうか。
——今日のカウンセリング終わりまでに、答えを決めるか。
今はこの昼食を楽しみたい。
事態の解決案は、既に一つだけ浮かんでいた。
それは自分にある程度の人気が備わっていて、初めて実現できる策だ。上手《うま》くいけば
——この昼食が最後になる可能性も、なきにしもあらず。
食卓を挟んで向かい合う。
二人で両手を合わせて、「いただきます」と声を発する。
俺はコップに水を注《つ》ぎながら訊《き》いた。
先に明日香にコップを渡し、その後自分のコップに注ぐ。

明日香はコップを受け取り、言葉を返した。

「ありがと」

食事の前の一杯。

俺と明日香は同時に水を飲み干して、空になったコップを食卓に置いた。

焦げた鯖の味噌煮をお箸で突《つつ》くと、皮がパカリと割れる。

中から柔らかそうな身が、溶けるように解《ほぐ》れた。てっきり丸焦げだと思っていたが、驚きの事実だ。

味噌の滲《にじ》んだ身を掬《すく》い上《あ》げ、口に運ぶ。

……温かい。

家庭の味に舌鼓《したつづみ》を打つ。

見た目が真っ黒でも、味が良いこともあるらしい。

先ほど不意に浮かんできた解決案を使っても、この時間はちゃんと残ってくれるだろうか。思案しながら、噛《か》み締《し》める。

「めっちゃ美味《うま》い……」

「でしょ？　オムライスはほんとにたまたまだったのよ」

明日香は目尻を下げて、同様に食す。幸せな時間。

数十秒黙々と食事を愉《たの》しんでから、明日香は自身のスマホに視線を落とし、眉を顰《ひそ》めた。

「……あれ、カウンセリングの時間って何時だっけ」

「んー。………十四時」

「今は十三時二十九分。家から病院は何分くらい？」

「……三十分」

明日香《あすか》は目をパチクリさせた。

カウンセリングの時間まで残り三十一分。

あと一分。いやもう五十秒くらいか。

少しずつ意味を解釈していった明日香は、やがて食卓にバンッと手を置き立ち上がった。

「ちょっ何呑気《のんき》に食べてんのよ⁉　行くわよ遅れるじゃない！」

「いでででで行く行く一人で歩けるから！」

耳を引っ張られて椅子から転げ落ちそうになりながら、俺は自宅を後にする。

もう一度このご飯を食べれますように、とささやかな願いを込めながら。

◇
◆

「ギリギリになってすみません！」

座るなり謝罪すると、お医者さんはかぶりを振った。

そして間に合えば何でもいいとばかりに言葉を紡ぐ。

「それでは、君の状況を改めておさらいしておこうか」

「お、おす……お願いします」

テンションの差で風邪《かぜ》引きそう。

ここが病院であることを思うと、俺が浮いているんだけど。

お医者さんは数枚の紙を馴染《なじ》みの看護師さんに渡し、何らかの情報を共有した。

看護師さんの真剣な表情から察するに、三股などの俗な情報が書かれていないことだけは確かだ。

「記憶喪失の種類は判別できても、原因の特定には至らず。状況としては――不運な事故だが、君自身は殆《ほとん》ど無傷。脳に異常も見つからなかった」

「異常がないのに記憶吹っ飛んだんですよね。脳みそって怖いっ」

俺は肩を竦《すく》めてみせる。

軽い調子で返事をしたからか、お医者さんの後ろに佇《たたず》む看護師さんがクスリと笑った。

三股の件がバレていても、なんだかんだで仲は良好だ。

これが大人《おとな》の余裕というやつなのかもしれない。

お医者さんはチラリと看護師さんに視線を流し、すぐこちらに戻した。

「そうだね。あるいは異常があっても、現代の医学では見つけられないのか。その辺りは定かではないが」

お医者さんが言うのならそうなんだろう。

自分より遥《はる》かに知識のある人間からの言葉は、鵜呑《うの》みにせざるを得ないところがある。

「ほえー……やっぱ脳みそのことってむずいんですね」

あくまで軽い調子で返す俺に、お医者さんは苦笑いした。

どうやらこのスタンスに思うところがあるらしい。

だけど俺だって、なにもお医者さんを困らせたくてこのスタンスを貫いているのではない。

定期的に赴くカウンセリングは、単刀直入に表現すれば苦手の一言だった。

この時間は、自分が一人の人間として欠落した存在だと言われている気がするのだ。

まあ、ぶっちゃけ何も間違ってない。

十六年の記憶が欠落した存在は、健常な人間からすれば異常に違いないから。

だけどその事実を改めて突き付けられる場へ赴くのは、俺本人からすればやっぱり辛《つら》いものがあるのだ。

カウンセリングという雰囲気だけでも和らげないと、その後の時間は毎度テンションが落ちてしまう。

だけど、今日はそんなことは言ってられない。

緊張も相まって、俺は一旦話を変えようと口を開く。

「にしても、記憶失っても意外とすぐに退院できましたよねー。俺、あと数週間は長引くと思ってました」

「ああ。そういう意味では、真田《さなだ》君が高校生、そして学生証を持っていて幸いだったよ」

「え。何でですか？」

この状況が幸いかどうかはさておき、言葉の真意に理解が及ばなかった俺は間の抜けた声を出す。

雰囲気を変えるための話題転換だったが、意図せず興味をそそる返事だったのもある。

お医者さんはこともなげに「考えてもみなさい」と言葉を連ねた。

「仮に成人した君が身分証明書を持参していなかったらと思うと。自分を証明するものが何もない成人は、知り合いとの再会がない限り引き取り先もない」

知人に関する記憶がゼロだと自覚した時のことを想起する。

過去を想起しようとしても真っ白なキャンバスしか浮かんでこなかった、あの瞬間のことを。

「君の知人から警察への届出がなかったら詰みだ。役所での手続きを踏まえ、無料低額宿泊所で記憶が戻るのを待つ日々。記憶の戻る保証がない以上、戸籍の再取得も視野に入れなければいけない」

「うぇぇ……あっぶなかった、耐えた……」

現実を聞いて背筋が震える。

今回は学生証があったから、高校を通じて親の連絡先に繋《つな》がり、身元確認が完了した。

俺自身は父と連絡を取っていないものの、医療費も滞りなく支払われた。湯川《ゆかわ》先生の計らいか何かで幼馴染《おさななじみ》である明日香《あすか》に連絡がいき、目が覚めた瞬間には傍《そば》にいてくれた。

目覚めた瞬間に明日香が傍にいなければ、酷《ひど》い混乱に陥《おちい》った可能性もある。

明日香と会話をしたことで、自身の記憶がないというのをいち早く自覚できたのだ。

そう考えると、明日香のお見舞いはこれ以上ないほど助かったといえる。

その後三人の彼女で脳みそがシェイクされるくらい混乱したけれど、まあそれを踏まえてもだ。

幸いと評されるのは妥当。

不幸中の幸いとはよく言ったもんだ。

「記憶喪失なんて、普通はドラマや映画の世界にしかないイメージですよね？　そんな世界に迷い込んだばかりにしちゃ、やっぱ俺って恵まれてますね」

そう言葉を返すと、お医者さんの後ろにいる看護師さんは呆《あき》れたように「ほんとポジティブねえ」と頬《ほお》を緩めた。

お医者さんも今しがたの返事に関しては看護師さんと同じような感情を抱いたのか、いつになく優しい笑みを浮かべる。

「そうか。それなら、君が想像しているよりも遥《はる》かに記憶喪失は身近になるな。ドラマや映画の題材に引っ張りだこだから、そう思ってしまうのも仕方ないがね」

「俺みたいな人って現実にも結構沢山いるんですか？」

「いや、沢山というほどじゃない。患者が少なく且《か》つ、直《ただ》ちに命の危機に瀕《ひん》しない症状は研究が進みづらいのが現実だが、記憶喪失にはある程度の治療法が確立されている。つまりその程度には患者がいる訳だな」

「へー……なるほど。じゃあその治療法が……」

「真田《さなだ》君は説明するたびに訊《き》いてくるな。さては私の話を全然聞いてないな？」

「んなことないです、今言おうとしてたんですよ！」

慌ててかぶりを振る。

全て覚えているけれど、大事なことを何回も確認しておきたいだけだ。

お医者さんは「まあいい」と息を吐き、口を開いた。

覚えが悪いと思われていたらとっても不本意です。

「何度かのカウンセリングでも言ったことだけどね。君自身が、ストレスのない環境に身を置くこと。それが最も手軽にできる治療法で、最も有効な可能性が高い」

「言おうとしてましたって……」

そんなことでいいのだろうか、と想起するたびに思うから。

治療法を聞くまでは、てっきり記憶を取り戻すために原因となるものを探して向き合わなければいけないのだと考えていたから。

お医者さんは以前の俺の思考を見透かしたように、目を細めた。

「君自身の健康のためだよ。……真田《さなだ》君。君は自分の身体的、精神的な健康を何よりも充実させることに注力してるか？　親しい間柄の人間がいれば、惜しみない協力を仰ぐ……しっかりやっているのかい？」

「うーん。協力に関しては、ちょっと身勝手かなって思いつつも――」

「身勝手じゃない。治療だよ。まずはある程度自分本位になりなさい。君は自身の健康を棚に置いて、他人を優先しすぎている」

「今言おうとしてたんですよ。なんで全部俺が聞いてないことになってるんですか！」

俺は口を閉じて、鼻から息を吐く。

自分の健康を棚に置いている訳じゃないし、頼っているつもりだ。

これ以上頼ることなんて正直思いつかない。

「それなら良《い》いけどね。少なくとも記憶を取り戻すまでは、自分にとって最も居心地《いごこち》のいい場所に身を置きなさい。そして居心地の悪い場所はなるべく避けること」

お医者さんはカルテをテーブルに置いて、俺に向き直った。

「ふとしたきっかけで思い出すのは、何も奇跡の連続なんかじゃないのだし」

「分かってますよ……記憶の欠片《かけら》の手掛かりとか、そんなの自販機の裏に落ちてる訳でもないですし」

俺は有栖川《ありすがわ》の顔を思い浮かべながら言った。

「記憶喪失する前の手掛かりを探し、心を悪戯《いたずら》に刺激することなんかでもないからね」

お医者さんは首を縦に振って、園児を諭すような声色で続ける。

「君が心因的なストレスから解放されること。記憶の回復には、まずそれが大前提にあると思いなさい」

お医者さんの言葉にそのまま従うのなら、この先随分自分に甘い判断を下していくことになる。

これは今の俺にとっては本来都合の良い言葉のはずだ。

「君自身が積み上げた過去と向き合うこと。それは記憶を取り戻してからの話だよ」

お医者さんはそう言った後、「勿論《もちろん》、引き続き専門医にも取り次ぐがね」と付言した。

いつもの質問事項が始まろうとしていることが分かって、俺は慌てて制止した。

「ちょっと――待ってください」

「ん？」

お医者さんは動きを止めた。

そして俺の表情を見て、真剣な眼差《まなざ》しを返す。

「ストレスありそうな環境に、自分から飛び込みたいんですけど……そしたらもう、記憶って戻らないんですかね」

ひなの顔を思い浮かべながら、そう訊《き》いた。

派閥の主である夢咲《ゆめさき》に逆らおうとすることは、学校生活において多大なストレスに繋《つな》がる恐れもある。この思考回路自体がお医者さんのいうストレスにもなり得る。

それどころか、今俺が頭に描いている解決法を実行すればストレス過多に違いない。

「やめておきなさい」

そう答えたお医者さんの後ろから、看護師さんも「ふざけちゃダメよ？」と窘《たしな》めてくる。

ところがどっこい、こちとら至って大真面目《おおまじめ》だ。

「じゃあ訊きますけど、目の前でいじめがあったらどうするんですか。今は確証ないですけど、でもそれが本当にあったら俺は——周りを頼れば助けてあげられると思ってるんです」

事情を察した看護師さんは、驚いたように目を瞬《まばた》かせる。

お医者さんは厳しい顔をして、溜息《ためいき》を吐《つ》いた。

「……倫理的には素晴らしいけどね」

「記憶を優先しても、記憶が戻る保証なんてないんですよね？　じゃあ、今の俺が動いた方が良くないですか！」

「保証はないけれど、戻る確率は上がるよ。君は戻りたくないのかい？」

俺の言葉に、看護師さんが反応した。

「君は自分の記憶と倫理観、どっちが大事なの」

「……それは」

俺が答えあぐねて、医者に視線を移す。

すると、お医者さんが代わりに口を開いた。

「記憶だよ」

「……そう、ですか」

「逃げるが勝ちな場合もある。医者として言えるのはここまでかな」

もしあれがいじめでも、ストレスが掛かるなら見捨てろということか。

お医者さんがカルテに視線を落とす。

いつもの質問事項が始まる。

◇

◆

入院中を含めれば何度目かになるカウンセリングも、今回は頭に入らなかった。

「カウンセリングどうだった？　記憶戻りそう？」
「いや、全然。うんともすんとも」
「なにそれ、あんたやる気あんの？」
明日香《あすか》は不満げに声を尖《とが》らせた後、空を見上げた。
少し冷たい風が吹く。
俺は気分を入れ替えるため、一度辺りに視線を巡らせた。
帰路にある河川敷《かせんしき》。
通学路にある川と同じでも、支川であることから横幅はかなり狭《せば》まっている。
そこでは体格が一回り小さな中学生たちが数人遊んでいた。
部活帰りだろうか。
横を向くと、明日香は懐かしむように目を細めていた。
バシャン。
水飛沫《みずしぶき》の音が聞こえて、視線を戻す。
制服のズボンをロールアップした男子中学生が、川に入り込んでいた。
以前の俺にも、あんな時期があったんだろうか。
……ない気がするな。
むしろ、今の俺がやりそうなことだ。

「なあ、明日香」

「ん、なに？」

「前の俺って、今の俺とは全然違うんだよな？」

「え？」

明日香は中学生に向けていた視線を逸《そ》らして、目を瞬《まばた》かせる。

「……そうね。まあ、かなり違うかな。全然違う訳じゃないけどね」

「だろうな」

短く答えて、頭を掻《か》いた。

今からする質問は、結構体力を使う。

「俺って結構、一人で行動する割には評判良かったんだよな」

明日香は一瞬視線を上げて、口元を緩めた。

「あー……まあさすがに気付くわよね。うん、割と一目置かれてたわ」

明日香は、その理由が自身や有栖川《ありすがわ》であることは告げてこない。

……気を遣ってくれてるのか。

「それ、全部明日香と有栖川と仲良かったからだろ？」

明日香は目を瞬かせた。

「ひなちゃんから聞いたの？　それ、あんた鵜呑《うの》みにしちゃった訳」

「え、まあ」

俺の返事に、明日香《あすか》は無言で目を伏せた。

そういえば、前の俺は自分の目で確かめることに拘《こだわ》っていたきらいがある。

今の俺の思考回路に、明日香はいくらか落胆したようだった。

「……ゴメン」

「え？　何が」

明日香はそう言って、俺に蒼《あお》色の瞳を向ける。

そして息を吐いて、言葉を続けた。

「あんたね、バカ？　私とか紗季《さき》と仲良いだけで、あんたの評判まで良くなる訳ないでしょ」

「へ？」

この状況で、俺のフォローしてくれるとは思わなかった。

「大人《おとな》の余裕、みたいなのがあるって評判だったのよ。私から言わせれば、あの頃のあんたは人間関係から逃げてただけだったけど……まあそれは人の捉え方次第だし」

「お、大人の余裕？　俺が？　まじ？」

今の自分には到底あるとは思えないものだ。

周囲に無関心というのも、今の俺からかけ離れている。

「うん。目立つ男子って大抵《たいてい》バカやってるじゃない？　でもあんたは、その落ち着きが紗季と仲良いことで光の当たる場所に晒《さら》された。物珍しさで、周囲の目を引いたってだけ」

明日香は遠い目をしながら言葉を紡ぐ。

「……普通は落ち着いてるって理由だけじゃ目立ちはしないしね。そこは紗季に感謝するところじゃないかしら」

明日香はあえて自身を省いて言った。

有栖川《ありすがわ》が有名モデルだから、要因の殆《ほとん》どは彼女であると考えているのか。

「……そっか。じゃあその俺と喧嘩《けんか》した理由、そろそろ訊《き》いていいか」

「全然〝じゃあ〟で繋《つな》がってなくない？」

明日香は返答に窮したように口を閉じた。

記憶喪失を自覚した当初に訊いた時、自宅に訪れてくれた時。

今までに二度質問したことだが、どちらも芳《かんば》しくない反応を示された。

……まだ教えてくれない、か。

俺は諦めて、緩やかな流れの川に視線を落とす。

すると、不意に答えが飛んできた。

「私を頼らなかったからよ」

「え？」

「だからムカついたの。私から一方的に怒って、疎遠になったのよ」

明日香《あすか》はあっけらかんとした口調だった。

「言いたくなかったらいいんだけどさ。有栖川《ありすがわ》とかひなを――三人の彼女を許容する理由ってなんなんだ」

風が吹く。五月にしては、カラッと乾いた風だった。

「……私にあんたを縛る資格がないからかな」

「どういう――」

「あんたの記憶が戻ったら、その辺りは自《おの》ずと思い出せるわ」

明日香は短く答えた後、俺に向き直った。

「だからさ。記憶戻ったら、しっかり頼ってよね」

「……頼りたいんだけどな。このやり取りを覚えられてるかどうか」

少なくとも、今の俺は明日香に頼りたいと思う。

でも、〝今の俺〟と〝前の俺〟は――人としての在り方が違いすぎる。

話を聞けば聞くほど、他人に思えてならないほどに。

今の俺にとって、接する人の中で最も心の波が静謐《せいひつ》になるのが湊《みなと》明日香だ。

明日香と距離を置く以前の自分は、やはりどうも今の自分と乖離《かいり》している気がしてならない。

なにより、三股の件だって。

ひなが夢咲《ゆめさき》と揉《も》めていることだって、前の俺は気付いていたはずだ。

今の俺には見過ごしたくないことで悶々《もんもん》としてしまう事柄を、前の俺は易々《やすやす》と――

「……あんた、助けるつもりなんでしょ」

「え？」

「……ひなちゃんがもし危なくなったらよ。絶対助けるつもりでしょ」

静かな問いかけだった。

だからこそ、明日香がそれを確信しているのが伝わってくる。

「うん。だって、見過ごせないだろ」

明日香はおもむろにこちらを凝視する。

瞬《まばた》きが一度される度に、長い睫毛《まつげ》が揺れ動く。

蒼《あお》色の瞳は、今の俺を通じて何を見ようとしているのだろう。

きっと、彼女は。

「……分かったわよ」

明日香は観念したように嘆息した。

「……念のため聞いておいてあげる。あんたがあの子を助ける場合、何をしようとすんのかをね」

「……さっすが俺の彼女」

「茶化《ちゃか》さないで、殴られたいの？」

「ギリギリ殴られたくない！」

「そこは普通に殴られたくないであれ！」

やっぱり、明日香《あすか》は優しい。

だからこそ巻き込みたくない気持ちもあるが、最終的に明日香に迷惑が掛からないようにしたらいい話だ。

考えはあった。

だけどこの考えは自分の評判を落とすことにも繋《つな》がる。

明日香は俺の話を聞くと、今度は盛大に溜息《ためいき》を吐《つ》いた。

「あんた、それやったら自分の学校生活どうなるか分かってる？」

「うん。まあ、崩壊するんじゃね？」

「バカなの、じゃあ協力なんて嫌よ！　ひなちゃんは良《い》い子かもしれないけど、なんだって今のあんたがそれやる必要あんのよ！」

「今の俺だからやらなきゃいけないいんだよ」

願望にも似た言葉に、明日香は押し黙った。

「……あんたが記憶戻った時まで、困ることになんのよ？」

「上等だね。まあ何とかなるだろ、戻った時の俺って器用そうだし」

「今のあんたも困るから言ってんの」

「あー、それは全然良い」

「どうしてよ」

答えを直球で言うか逡巡《しゅんじゅん》する。

「……記憶が戻ったら、今の俺がどうなるか考えたことあるか？」

「さあ……元に戻るだけじゃない？　分からないけど」

元に戻る。

それでは今の人格はどうなるのだろう。

俺が今積み上げている時間が、そのまま忘却の彼方《かなた》にいく可能性。

記憶が戻った途端、喪失中に積み上げた時間が消える可能性はゼロじゃない。

無事に記憶を取り戻したとしても、その後の俺が今この瞬間に得ている記憶を全て無駄だと捨て去るのなら、それも忘却と何ら変わらない。

今の俺、存在そのものが無駄になる。

俺は拳を握り、空を見上げる。

二匹の蜻蛉《かげろう》が旋回して消え失《う》せる。嫌になるほど広大かつ虚無の空が、視界を支配している。

――病室にいた時、有栖川《ありすがわ》からの差し入れで二冊の小説を読んだ。

二冊とも、記憶喪失の主人公の作品だ。

一冊は青春小説。

主人公は仲間とともに記憶の欠片《かけら》を集めて、自らの青春を取り戻す。

同じ境遇にもかかわらず、俺は全く共感できなかった。

一冊はファンタジー小説。

主人公は記憶喪失を受け入れて、新しい仲間と新しい人生を歩み出す。

こちらの方が、俺には何倍も愉《たの》しく読めた。

真っ白な環境から積み上げていく人生が羨ましいと思ったのだ。

今の俺が人格を別々に考えてしまうのは、あまりにも以前の記憶が真っ白だからだろう。

過去を積み上げて人は生きる。

周囲の人間は自分を映す鏡。

人間関係は人の道程そのものだ。

その人間関係を再構築する過程は、生まれ変わりと同義。

「……協力はしてあげる。でも、その代わり教えて」

明日香《あすか》はいつになく緊張した面持ちで、俺に目をくれた。

「……あんた、記憶取り戻したいわよね？」

「……当たり前だろ。だから学校に行ってるんだ」

灰色の雲から涙が溢《あふ》れる。

この胸にザワつく感情は、きっと自覚してはいけないものだ。

九話　夢咲《ゆめさき》の思惑

怒涛《どとう》の週が明け、月曜日になった。

四時間目の科目は家庭科、皆《み》んな大好きな調理実習だ。

家庭科室に漂う暖気が鼻腔《びこう》を擽《くすぐ》り、教室にはない空気を実感させる。

入院中に読破した漫画では、調理実習は生徒たちの距離がグッと縮まるイベントとして描かれていた。

皆んなの浮き立つ表情から察するに、現実世界でも気分の高揚する時間のようだ。

実際、家庭科室へ入ってから俺も胸が密《ひそ》かに高鳴っている。

調理実習の愉《たの》しさは、感覚として覚えているらしい。

「近くの席の人たちで四人一組になってくださいー！」

先生から指示が飛んできた途端、高尾《たかお》が「お、きたな！」と勢いよく俺の腕を掴《つか》んだ。

「うお!?」

高尾の勢いに戸惑いながらも嬉《うれ》しくもある俺は、隣に座る有栖川《ありすがわ》、夢咲を順に見る。

夢咲は俺を見たが、すぐに視線を流した。

「豪華な面々だな～」

高尾はふざけ半分といった口調で言葉を紡ぐ。

だけど、傍《はた》から見れば高尾の言葉は的を射ているのだろうなと思う。

何せ三大派閥筆頭が二人もいるのだ。

唯我独尊、トンデモ美人で有名モデルの有栖川紗季《さき》。

赤茶髪がサマになる、社長令嬢の夢咲陽子《ようこ》。

元気溌剌《はつらつ》、爽やかな雰囲気を纏《まと》う高尾大和《やまと》。

そしてなにより、記憶喪失の真田勇紀《さなだゆうき》。

あれ、肩書きだけなら俺のレアリティが一番高いような。

それを大々的に口にできないのが残念なところではあるけれど。

そんなことより、今は大事な用がある。

明日香《あすか》に言った時と同様、有事の際は彼女にも協力を仰げるようにしなければいけない。

俺は有栖川の元に近付いて、小声で話しかけた。

「有栖川」

「なぁに？　結婚したいの？」

「違うわ！」

「否定に勢いがあって哀《かな》しい～」

全く憂いを感じさせない言葉に、俺は頭を掻《か》く。

夢咲《ゆめさき》は丁度高尾《たかお》に絡まれているようで、内容を聞かれる心配はなさそうだ。

念のために二人で長テーブルから少し離れて、俺は訊《き》いた。

「……その、有栖川《ありすがわ》ってひなと仲良かったりするか？」

「ひな……」

有栖川は目を泳がせた後、思い付いたように人差し指を立てた。

「あ、ひなちゃん？　んー、全然かなぁ」

「……お前今忘れてた？」

「さすがにそんなことないよぉ」

有栖川はコロコロと笑う。

……一瞬名前と顔が一致しないような表情を見せたが、さすがに思い過ごしか。

俺は安心して、心の中で胸を撫《な》で下《お》ろした。

ひなの存在を覚えてくれていないと、さすがに頼めないことだ。

思わず安堵《あんど》の息も出る。

「なぁに、溜息《ためいき》なんて。私が傍《そば》にいるのにさぁ、席に戻っちゃうよ？　あー戻っちゃおうかなぁ」

頬《ほお》を膨らませる有栖川に、俺は慌てて小声で返した。

「ちょっ、タンマ。夢咲の話なんだけどさ……こっち来て」

「ん？　なになに」

有栖川が耳に髪をかけて、スイッと俺の口元に接近する。

柔らかそうで小さな耳には、ピアス穴が視認できた。

露《あら》わになった薄いもみあげから、髪の毛が数本垂れている。

「どうしたの？」

「いや、うん。まず先に質問したいんだけどさ、夢咲がひなと揉《も》めてる理由とかって知らないよな……？」

「知ってるよ？」

「だよな。有栖川に知られるほど大っぴらな話じゃ……」

——今なんて言った。

「待て。今知ってるって言ったか？」

「うん。まぁ私が関係してるみたいだし」

有栖川は口元から離れて、あっさり頷《うなず》いた。

「ど、どういうことだよ……！」

訊《き》くと、有栖川《ありすがわ》が視線を遠くに移す。

そこでは夢咲《ゆめさき》と高尾《たかお》が先んじて肉じゃがを作ってくれている。

高尾が四苦八苦してじゃがいもの皮を包丁で剥《む》いているのを、夢咲は腕を組んで眺めていた。

夢咲らしい――

そう思ったけど、そういえば食堂でこの思考回路は否定されてしまっていた。

「答えなくて大丈夫そう？」

「いや、ごめん。絶対答えてくれ」

思考を中断して、俺は意識を有栖川に戻す。

有栖川は「意識飛ばしてたなぁ」と人差し指で俺の額をピンと弾《はじ》いて、口角を上げた。

「続きね？　夢咲さん、モデルになりたいみたいなんだよね」

「へえ……？　そうだったんだ」

「一回そんな話を私にされたんだけどさ」

「うん」

「多分なれないと思うって返事しちゃった」

「お、お前………デリカシーゼロかよ」

思わずドン引きしたような声が出る。

いくら記憶のない俺だって、もっとマシな回答ができるレベルだ。

「えー、そうかな。素直な感想なんだけど」

「いやあ、なんていうか……それを伝えるか伝えないかくらいは取捨選択しろよ。もし夢咲がSNSとかでその件晒《さら》したら、有栖川にだってダメージあるだろ？　もっと慎重に――」

「ないよぉ。私そんなにヤワじゃないもん。炎上も味方につけたことあるし」

有栖川は真《ま》っ直《す》ぐな視線を俺に返す。

あまりにも迷いのない瞳に、俺は納得せざるを得なかった。

「じゃあそこは分かったとして。なんでモデルになりたいことが、ひなが虐《しいた》げられることに繋《つな》がるんだ？」

「えー。あれじゃない？　私に言われる前から、夢咲さんモデルになりたくて頑張ってたみたいなんだけど……丁度ひなちゃんがモデルデビューしたんだよね。夢咲さん、そこをポロッと愚痴ってた。虐げてることは知らなかったなぁ」

「え、ひなもモデルなの？」

驚きの事実に、俺は目を丸くする。

「うーん、モデルかって言われたら……電子版しかない雑誌にちょっと載っただけ、みたいな？」

有栖川《ありすがわ》は制服から垂れ下がるリボンをくるくる弄《いじ》る。

「ひなちゃんはマイナー雑誌、地域枠の選考出身だからねぇ。もしかしたら夢咲《ゆめさき》さん、ひなちゃんの枠から狙ってるのかも。一番倍率低いし、どうしてもモデルになりたいのかなぁ」

本当に周りにさして興味がないのだろう。有栖川は初めて思い至ったように顎へ人差し指を当てた。

「……そういや、有栖川って明日香《あすか》を誘ってたよな。あれも夢咲を刺激してる説ないか？」

「うーん……あるかもねぇ」

「あんのかよ！」

「だって、明日香さんをライバルにしたいもん。私にない強さが、明日香さんにはあるし」

「……分かった、まあそれは今置いとくか」

自分が逸《そ》らしてしまった話題の軌道を戻し、俺は再度《さいど》問い掛ける。

「そんでさ。もし今後やばそうになったら、有栖川に手助けしてもらいたいんだけど。内容、話していいか？」

有栖川は数秒黙った後、小さく頷《うなず》いた。

そして髪をかき上げ、白い耳たぶを露《あら》わにして、「ん」と続きを促す。

どうやら返事はオッケーで、耳打ちをしてほしいようだ。

正直ドギマギするが、今はそんな場合じゃない。俺は平常心を装って近付き、小声で話す。

……有栖川にとってはリスクがある内容かもしれない。

しかし悪いようにはしないということだけ明言しておく。

話を聞き終えた有栖川は、小首を傾《かし》げた。

「ねぇ、それをどうして私が？」

……明日香と似たような反応だな。

やっぱり彼女同士、思うところはあるのだろう。

「どうしてって……俺たち付き合ってるし」

「ほんとは？」

グレーの瞳が、思慮深くこちらを窺《うかが》っている。胸中の最深部にあるものまで掬《すく》い上《あ》げるような、何でも見透かしそうな瞳。

だからだろうか。

俺から紡がれた言葉は、思考から出たものではなく、胸中から湧き出るものだった。

「――今の俺が越えなきゃいけない壁なような気がするんだ。……初めての壁。本当は一人で乗り越えたいけど、俺だけじゃ足りないから」

有栖川《ありすがわ》はクスリと笑った。
そして、おもむろに口を開く。
いつの間にか俺のターンは有栖川に奪われていた。
「それも、前の君の残滓《ざんし》かな。それとも、ほんとに今の君の思考かな」
いつになく静かな声色に、俺の脳裏に情景が過《よぎ》った。
思い浮かんだのは、二冊の本。
記憶喪失後の在り方が正反対の二冊。
有栖川があの本を選定した意味が、分かった気がした。
彼女は俺に、「君はどっち？」と暗に訊《き》いていたのかもしれない。
だとすると、今の質問は真剣に答える必要がある。
その上で――
「今の俺の思考だよ」
静かに答える。
有栖川は目を瞬《まばた》かせた。
家庭科室はいつもの授業より遥《はる》かにうるさいはずなのに、有栖川の前に立つと意識が目の前から動かないのが不思議だった。

見つめ合って数秒、有栖川はやがて頬《ほお》を緩める。

「……じゃあ、その壁を越えたら君が、真田勇紀《さなだゆうき》だ」

理由は分からないが。

――有栖川の声色は、とても嬉《うれ》しそうだった。

「いいよ。じゃあ君の彼女として、一肌脱いであげる。付いてきて？」

有栖川について思考を巡らせようとしたが、途中でやめた。

今は、目の前の事に集中するべきだ。

夢咲《ゆめさき》は俺たちの接近に気が付くと、目を細めて溜息《ためいき》を吐《つ》いた。

「アンタら何やってたのよ。ほんとにいつもニコイチね」

夢咲は面白くなさそうに呟《つぶや》いた後、高尾《たかお》を視線だけで隣に呼んだ。

高尾はすぐさま隣に馳《は》せ参《さん》じて、仲が良《い》いのか主従関係なのか分からない。

「夢咲さぁん。勝負しようよ、勝負っ」

有栖川《ありすがわ》が愉《たの》しげな口調で持ちかける。

夢咲《ゆめさき》はピクリと反応して、顔を上げた。

「私が有栖川さんと？　何の勝負なの、それ」

「うーん。せっかくの実習だし、お料理とか？　ペアで肉じゃが作って、先生を唸《うな》らせた方が勝ちとかどうかな」

「なにそれ。もっと熱くなる勝負ないの」

「ないねぇ。だって今考えたからねぇ」

「アンタのそのマイペースさは何な訳よ……」

さすが有栖川、夢咲をも戸惑わせる唯我独尊さ。

そしてプライドの高そうな夢咲も、有栖川には直接的な文句は言えない関係性のようだ。

「ペア戦か……」

夢咲は溜息《ためいき》を吐《つ》く。

ペア戦ということは、つまり俺と有栖川ペアｖｓ．高尾《たかお》と夢咲ペア。

それを耳にしたのか、横から高尾が口を挟んだ。

「燃えるなーそれ！　負けたら罰ゲームとかありにする？」

高尾の提案に、夢咲は無言で睨《にら》みを利かせる。

すぐに高尾は「ジョーク、ジョーク……」と尻すぼみになる。

しかし、有栖川が陽気に頷《うなず》いた。

「もちろん！　負けた方の代表は、常識の範囲内で何でもすることとかは？」

現場は一転した。

鶴の一声で、諦め半分だった高尾の表情が明るくなる。

対照的に困惑したのは夢咲だ。

夢咲の意見が却下されるのは、このクラスでは多分有栖川が何か言った時だけに違いない。

「はー、まじでアリにするの!?　私に対する何でもって、ちょっと範囲が広すぎると思うんだけど！」

社長令嬢だから、お金関係を気にしているのだろうか。

夢咲の抗議に、有栖川は口角を上げる。

「そんなの私もじゃん？　せっかくだし勝負しようよ」

「えー……ほんとに？　なんでも言う事聞かせる権利、私容赦なく有栖川さんに使うけど。モデル事務所に口利きとかもいけるわけ？」

——モデルになりたいのは本当ってことか。

しかも、高尾の前でも宣《のたま》うほどの。

「いけるよぉ」

有栖川《ありすがわ》が二つ返事で了承すると、夢咲《ゆめさき》の目の色が変わった。

家庭科室に似合わない冷たい空気が、俺たちのテーブル上に漂い始める。

「……本気？」

「うん。実際私、勇紀《ゆうき》君に一枚渡してるんだ。何でもじゃなくて、誰かをモデルに口利きする権利なんだけど」

夢咲は目を見開いた。そして俺も初耳だ。作り話か、それとも。

「それは湊《みなと》さん？」

当然、夢咲の目線からだとその考えに至るだろう。

有栖川は小首を傾《かし》げた。

「さぁ……どうだろね。約束なので言えません。私、意外と最後まで約束守るので」

「口は固いって訳ね……余計魅力的じゃないの。ノるわ、その話」

「いや、あの口挟んでいい？　そんなガチになるなって」

高尾《たかお》が制止すると、夢咲はフンッと彼の足を踏み付けた。ガツン！と鈍い音。

高尾が「ぐわぁぁ！」と激しく呻《うめ》きながら、隣の班へ避難しに行く。

「なるわよ」

夢咲は自身の胸に手を当てて、俺を真《ま》っ直《す》ぐ見据える。

「アンタを越える。高校生のうちにモデルになれるなら、私は何だってやる」

夢咲《ゆめさき》はそう言って、自身の髪を一つに束ねた。

有栖川《ありすがわ》も「だよねぇ」とニコッと笑って、ヘアゴムで髪を後ろに束ねる。

うなじの跳ね方まで計算し尽くされたような見栄え。

勝負をする前から、結果が分かった気がした。

◇◆

「なんってこうなるのよ！」

即落ち二コマ。

悪態つく夢咲が、家庭科室を後にする。

圧勝だった。

家庭科の先生は有栖川の作った肉じゃがの出汁《だし》を一口飲むや否や、こちらの勝利を宣言したのだ。

食材や調理器具の条件は同じだったのに、どうも出汁からレベルが違っていたらしい。てっきり有栖川は料理なんてしないものだと思っていたから、本当に何でもできるやつだと感心してしまった。

いずれにしても無事『何でも言う事聞かせる券』を手に入れた訳だが——

「夢咲、不機嫌すぎて喋《しゃべ》りかけるの怖いな……」

「今のは第一関門ってやつだよね？　夢咲さんとお昼ご飯、普通に言えばクリアできると思ったからこれにしてあげた」

「嫌われてるっぽいし、協力は必要だったと思うけど……」

「うーん、どうかな。まぁどっちにしても、何でも券の方が便利じゃん？　だって何でもだよ？　常識の範囲内だけど、きっと夢咲さんは断れない」

　意外にも夢咲の性格を把握しているのか、有栖川は面白そうに笑った。

「それに、君のバックには私がいるもん。夢咲さんも下手《へた》なことはできないよ」

「なんだよその自信は」

「君に何かしたら、それこそ私怒っちゃうし？　事務所に口利きの可能性がパーになるでしょ。だからわざと可能性があることだけチラつかせたの」

　有栖川、俺のために怒ってくれるのか。

　……っていやいや、そうじゃなくて。

「……口に出すと、俺ら腹黒いな！」

「あーっ。今私も巻き込んだ。女子に言っちゃいけないことだよそれっ」

　有栖川が怒って「とていっ」と俺の胸に猫パンチする。

　袖で半分ほど隠れた華奢《きゃしゃ》な手は、男子の体に傷をつけることは難しそうだ。

俺は冗談で痛がりながら、二人で家庭科室を後にする。

ガラリと扉を開けると、視界に入ったのはバラバラの教科書だった。

「おお、大惨事——って、あれ」

「あ、先輩——と、有栖川《ありすがわ》先輩」

「やっほーひなちゃん。教科書落としちゃった？」

「はい、ちょっと人に当たっちゃって」

その答えに、俺は眉を顰《ひそ》める。

嫌な予感がした。

その時女子トイレから笑い声とともに、派手な数人が出て来た。

夢咲《ゆめさき》と、食堂にもいた取り巻き二人もいる。

そのまま教室にまで戻ると思っていたら、三人はその場で談笑し始めた。

ひなは教科書を拾い終わると、スックと立ち上がる。

「ではでは先輩。私はあの先で授業があるため、行ってまいります」

「お、おお……気を付けてな」

やっぱり——意外と元気だ。

本当に虐《いじ》めがあるのなら、あえてあの場に突っ込もうとはしないだろう。

俺は今までの思考はなんだったんだと思いながら、有栖川と廊下の角を曲がる。

ひなの表情が目に焼き付いていた。

——杞憂《きゆう》な訳あるか。

俺が踵《きびす》を返して角から顔を出すと、ひなの手元から教科書やノートが数冊滑り落ちるところだった。

またバラバラになった教科書たち。

夢咲がそれを踏みつけてこちらへ歩いてくる。

右足で踏みつけられた教科書は半回転し、左足でページが歪《いびつ》に折れていく。

「なっ——」

俺が声を出そうとすると、有栖川は「喋《しゃべ》っていいの？」と小声で制する。

俺が歯嚙《はが》みしていると、前方から微《かす》かな声が聞こえた。

「あ、ゴメン」

夢咲はこともなげに謝罪している。

まるで偶然であるかのように。

だけど偶然じゃない。

故意であるからこそ、夢咲《ゆめさき》は軸足を捻《ひね》って教科書を破ろうとしたのだ。

ひなの横顔がチラリと見えた。

目を伏せながら、教科書を拾っている。

幸いダメージを受けた教科書は一冊で、ひなはせっせと教科書を拾う。

その際、緊張からかまた筆箱が落下した。

以前、登校前にも見たキーホルダーが付いていた。

お気に入りのキャラであろうキーホルダーが外れ、夢咲の足元に転がってしまう。

「……ほんと鈍臭いわね」

「す……すみません」

夢咲はキーホルダーを拾う。

「アンタ、あいつのこと好きなの？」

「え？　その、あの……」

しどろもどろになったひなに苛立《いらだ》ったように、夢咲は眉を顰《ひそ》める。

「あー、もういい、もういい」

夢咲はひなにキーホルダーを手渡し、こちらに近付いてくる。

有栖川《ありすがわ》はさして興味のなさそうな声色で、俺に忠告した。

「見てたこと、今はバレない方がいいんじゃない？　ひなちゃんに気遣わせちゃうかも」

「……そうだな」

二年三組の教室に戻るためには、俺たちの後ろにある階段を下らなければいけない。

俺たち二人は上りの階段へ駆け登り、しゃがんで息を潜めて嵐が通り過ぎるのを待つ。

「ドキドキするね」

「……そのノリ笑えねえよ、今は」

「怒られちゃった」

有栖川はクスリと笑って、視線を廊下の方向に流す。

丁度夢咲グループの三人の声が同じ踊り場に響くところだった。

「ゆめってあの子にアタリキツいね～。当然だけどサ」

甲高い声色は、取り巻きの茶髪ロングの声だ。

「別に、ほんとに偶然だし」

夢咲の声が答える。

偶然な訳ないだろ、と俺は拳を握りしめる。

「あんなので世間体《せけんてい》を落としたくないしね。私は完璧になりたいし」

……世間体を大事にしたいやつの行動じゃないんだよ。

胸にフツフツ沸き上がる思いを抑えて、俺は腰を上げた。

声が遠くなっている。この距離なら、もう夢咲たちに見られる心配はない。

俺は急いでひなの下に駆け寄って、うずくまっている彼女に声を掛けた。

「大丈夫だったか？」

「えっ」

ひなは俺の姿を視認すると、目を大きく見開いた。

「せ、先輩いたんですか!? その、全然大丈夫ですよ！ ちょっと怖かったですけど……じゃないっ、あのあのあの！」

言葉を捲《まく》し立《た》てるひなの手元に、視線が吸い寄せられる。

キーホルダーは、きっとひなの好きなキャラだろう。

ガチャガチャで出てくるようなイケメンのミニフィギュア。

──腕が折れていた。

「それ、元々か？」

「えっ……あっ」

ひなは声を漏らす。

しかし、すぐに口角を上げた。

「これは元々ですよ、外すの忘れてました。前からポッキリ折れてたし、丁度外さなきゃって思ってたんですよね」

「……そうか」

俺はいつになく真剣な面持ちに押されて、首を縦に振った。

「先輩」

ひなは静かに口元を緩める。

「……気にしないでくださいね」

もう無理だろ。

そう思ったけど、下手《へた》に言葉にするときっとひなを苦しめる。

「後で連絡するから、内容見ててくれ」

ひなは何のことか分からない様子だったが、一旦頷《うなず》く。そして口角を上げて、背を向けた。

ひなの姿が廊下から見えなくなってから、俺は有栖川《ありすがわ》に訊《き》いた。

「……今の見て、お前どう思った？」

「……そうだねぇ。なんで怒らないんだろって思ったかな」

「……強いやつは、やっぱそうなんだな」

「君も強かったかもよ？　今は分からないけどね」

そう、分からない。

強いかどうかは、今からの行動で決まるから。

有栖川の言葉に、俺は衝動的に駆け出した。

道行く生徒を掻《か》き分《わ》けて、俺は二年三組の教室を目指す。

途中で明日香《あすか》の姿が視界に入った。

雑然とした廊下でも、ライトゴールドの髪を靡《なび》かせる明日香の姿は際立っている。

明日香も俺に気付いたようで、すぐに異常を察したようだ。

「ちょっ!? あんたまさか――」

「どいてくれ!」

俺は明日香の制止を躱《かわ》して、三組の教室に入る。

赤い髪。

目立つ姿にズンズン近付き、彼女の机に両手を突いた。

「夢咲《ゆめさき》」

「うわ。え、なに?」

「何でも券だ。早速で悪いけど、行使する」

「……」

夢咲は肩をギュッと握って、フウッと息を吐く。

「……早めに済ませてね」

「そんな気分じゃねーんだよ」

本当に、そんな気分じゃない。

俺は見逃さなかったのだ。

夢咲の机に、フィギュアの片腕があったことを。

◇◆

遊崎《ゆうざき》高校の中庭は二つある。

中でも樹齢二百年の大木が祀《まつ》られる付近に広がる中庭は全校生徒の人気スポットのようで、学年問わず生徒たちが食事の時間を仲睦《むつ》まじく愉《たの》しんでいた。

昼休みに時間を設けた都合上、ひとまず弁当を食べなければいけない。

……夢咲と一緒に食べないといけないなんて。

さっきは頭に血が上っていち早く話し掛けてしまったが、少し冷静になれば良かった。

放課後の方が人目はないし、後ろの時間も気にしなくてよかったのに。

「早く座ろ」

「あ、ああ」

夢咲の声に、俺は渋々返事をする。

夢咲の声色は、先程ひなに掛けたそれとは全く異なる。

……どうして使い分けたりなんかするんだ。

そう思いながら夢咲《ゆめさき》についていき、空いていたベンチに腰を下ろす。

早速弁当の蓋を開けた。

今朝《けさ》一人で頑張って作った弁当だ。

どうやら俺は料理が得意ではないらしく、冷凍食品が殆《ほとん》どのラインナップであるにもかかわらず弁当箱に詰め込む作業には時間を取られた。

そしてその割にな歪《いびつ》なバランス。

焼売《しゅうまい》から溢《あふ》れた肉汁はコロッケに染み付いており、そのコロッケは鶏肉《とりにく》に押しつぶされている。

「うげ、茶色っ」

弁当を覗《のぞ》き見《み》た夢咲は、軽く引いたような口調でそう言った。

真紅の髪が鼻に掛かって、俺は少し身を引いた。

女子特有の香りがしたが、今はそんなことを思いたくない。

俺はそれ以上思考を掘り下げずに、今しがたの発言へ端的に言葉を返した。

「まあ、漢《おとこ》の料理だな」

「なにそれ。身体《からだ》に悪いじゃん？」

夢咲はそう言って、自身の弁当箱を開けた。

木でできた弁当箱。その時点でも違和感を覚えたが、中に入っているメニューを見て驚いた。色味の鮮やかなローストビーフ。明らかに高価な、立派な海老《えび》。その隣には黒豆にしては小さな——フォアグラらしきもの。

「夢咲……やっぱものすごいお金持ちなんだな」

夢咲は目を瞬《まばた》かせて、小さく息を吐く。

「はあ。真田《さなだ》は知ってんでしょ？　親社長だもん。年収だけはあるって」

「年収ね……」

入院中に読んでいたエッセイの作者がしつこくそのワードを記していたが、高校生でもその話題になるのか。

俺が知ってる青春漫画ではお小遣いくらいしかお金関係の話は出てこなかった。

しかし夢咲は俺の反応に苦笑いした。

「年収だけだけどね。まあアンタにこれをあげられるくらいには余裕あるから」

そう言って、夢咲は俺の弁当に海老を丸ごと乗せた。

それだけでは飽き足らずローストビーフを数枚、「野菜も摂《と》りな」とシーザーサラダを半分。そして満足したように、夢咲は視線を後ろに逸《そ》らした。

瞬間、風に吹かれた木の葉がザワザワと音を打ち鳴らす。

俺は一言も欲しいなんて言っていなかったから、驚いてされるがままになってしまった。

お礼を告げるか死ぬほど迷った末、それとこれとは話が別だと結論付ける。

「……さんきゅー」

「いいえ」

夢咲《ゆめさき》がニッコリ笑って、ローストビーフを咀嚼《そしやく》し始めた。

特に雑談する訳でもなく、数十秒の時間が過ぎる。

今後のために、少しでも情報を引き出しておきたいところだが。

そう思考を巡らせていると、夢咲がポツリと呟《つぶや》いた。

「お金は人の価値ってね」

——ここを切り口にするか。

「人の価値ってなんだよ。そんなに比べるものかな」

「あは、アンタ綺麗事《きれいごと》言うタイプなの？」

夢咲は口角を上げた。

「人の価値には明確に差がある。もはや使い古されてるくらい当たり前のこと、わざわざ言わせないでくれる」

「……そりゃ、そうだけど」

俺にとって、明日香《あすか》や有栖川《ありすがわ》、そしてひなは特別な存在だ。

周りの人と違う感情を抱いている時点で、俺自身も人に価値をつけている。

だけど、値踏みしている訳じゃない。

夢咲の発した価値は、俺のそれとは毛色が異なる。

「そうじゃなきゃ、人の集合体である会社に差なんてつかないし」

夢咲が続けた言葉に、俺は唇を噛《か》んだ。

きっと子供の頃から大人《おとな》に囲まれていた夢咲だからこその価値観なんだろう。

その価値観で育ってきたからこそ、ままならない現状に人より苛立《いらだ》ちを覚えやすいのだろう。まして自分の気に入らない人に先を越されるなんて、耐えられないのだろう。

だからってひなにあんな——

しかしこのまま言葉をぶつけたって、俺の溜飲《りゅういん》が僅かに下がるだけで何の解決にもならない。夢咲のことを知るには、話題を転換しなければ。

「お金持ちだとさ、欲しいものとかあるのか？　大抵《たいてい》のものは手に入りそうだけど」

「またいきなりね。そんなのあるに決まってんじゃん」

夢咲はシーザーサラダをお弁当箱に戻して、口元に弧を描く。

「お金で殆《ほとん》どのものは買えるけど、買えないものもある。その買えないものが欲しいんだ。俗なものは欲しくない」

「例えば？」

「名声とか」

「めっちゃ俗だな。しかも頑張ったら金で買えそうだし」

　俺の反応に夢咲《ゆめさき》は肩を揺らして笑う。

「まあね、でもなるべくは自分で得たいじゃん？　有栖川《ありすがわ》さんはそうしてきたし」

「やっぱ有栖川のこと、ライバル視してるんだな」

「まあ、三大派閥なんて揶揄《やゆ》されちゃ……どうしてもね。周囲の意見なんて、嫌でも耳に入ってくるし」

　夢咲は目を伏せた。俺は食堂でひなから教えてもらった評判を想起する。

　あれがひなの主観ではなく学校の総意なら、確かに夢咲の性格上満足のいかないものになるだろう。

「真田《さなだ》ってさ、なんで有栖川さんと仲良《い》いの？」

「えー……」

　この場でそのまま告げるのは憚《はばか》られる内容だ。今は誤魔化《ごまか》すのが得策だろう。

「なんでって言われてもな。でも、仲良いのは不思議だよな？　俺なんてほんと普通だし」

「……記憶がないことや、その他を除けば。その他に色々含まれる訳だけど。

「……それ有栖川さんとか湊《みなと》さんとかと連《つる》んでるアンタが言っちゃ、聞く人によれば馬鹿にされてるって思うレベルの発言だわ。私らみたいな人はすぐ妬《ねた》まれるよ、気を付けな」

「お……おう」

　夢咲は今、〝私ら〟と言った。

やっぱり少なからず仲間意識は持ってくれているみたいだ。

それはきっと友達としてではなく、周囲から目立つ存在とされる人間として。

前の俺はどうやらその部類だったらしいし、今は好都合に働くかもしれない。

「まぁ、そういう輩《やから》は放っておいていいけどね。有栖川さんや湊さんと絡むアンタにとっちゃ、所詮モブの戯言《たわごと》よ」

夢咲は凛《りん》とした声でそう言った。俺は目を瞬《まばた》かせて、夢咲に目を向ける。

……今、訊《き》いてやろうか。

目が合った。すぐに夢咲の表情から柔らかさは消え去って、彼女は豪勢なお弁当箱に残っていた最後の大学芋を口に運ぶ。

蓋を閉める音が、前置きがこれで終わりであることを告げていた。

「──で、何の用？」

夢咲の目が冷たく細まる。

中庭に流れる五月の風が、一気に寒気を増した気がした。

「……フィギュアの腕、なんで持ってた」

訊くと、夢咲はジッと俺を見つめた。

そして、表情から色が消える。

「あー……やっぱバレてた？」

そう言った夢咲《ゆめさき》は肩を竦《すく》めた。

「やっぱそうか。だからお昼に誘ったりしたんだ」

「……モデルになりたいなら、別の方法があるだろ。何もひなを蹴落とす必要は」

「はは、私の名前は知らなかったくせにそこまで察しがついてんだ」

俺が口籠《くちご》ると、夢咲は続けた。

「まあアンタの言う通り、ひなは気に入らないわ。私が風邪《かぜ》で寝込んで不参加だったオーディションで、空いた枠に転がり込んだだけなんだから」

夢咲は弁当箱を脇に置くと、言葉を並べていく。

「それか大人《おとな》に身体《からだ》でも売ったのかもだけど。卑怯《ひきよう》な真似《まね》するわ」

「……そんな醜悪な思考回路になってまで、モデルになりたいのか」

「醜悪で結構よ。私、こんな高校で敵《かな》わない人なんて作りたくないの。三大派閥なんてクソ喰《く》らえ。有栖川《ありすがわ》さんに勝つためには、まず現役でモデルになること。私が一番だって、学校中に知らしめてやるの」

「学校中って……」

「小さい目標に思えるでしょ？　でも学校は社会の縮図だし。ましてやモデル業界に強い学校よ。皆《み》んなにここで一番って認められなきゃ、私はこの先やっていけない」

……人は誰かに認めてもらうために、ここまでのことをするものなのだろうか。

でも、一つだけ分かることがある。

「それじゃ有栖川には勝てないだろ」

「……それはどうして？」

「強い人から逃げてるじゃねーか。ひなを虐《しいた》げて、明日香《あすか》に何もしない理由はなんなんだよ。あいつも有栖川からスカウト受けてる立場なのに、なんであいつを蹴落とそうとしない」

明日香が夢咲と揉《も》めてる様子はない。

有栖川も明日香には常にアンテナを張っているようだし、これは間違いないと思う。

図星だったようで、夢咲は眉を顰《ひそ》めるだけだった。

「……明日香にはそういうの言わないくせに、ひなにだけ。卑怯だとは思わないのかよ」

「……湊《みなと》さんって元ヤンって噂《うわさ》だし、何されるか分かんないじゃん？　ひなのことだって裏でいじめてるかも。最近二人でいるところを見たって、優子《ゆうこ》と陽菜《はるな》が言ってたし」

夢咲はせせら笑うように言葉を続けた。

「人間高校デビューしたからって、そう性根は変わらないっつーの」

明日香の笑顔が脳裏に過《よぎ》る。

そろそろ限界だった。

「……夢咲。お前いい加減にしろよ」

「は？」

夢咲《ゆめさき》は気の抜けた声を出す。

今までのやり取りは、まるで相手にされていなかった。

しかし俺の表情を見て、自分が真っ向から反抗されている事実を漸《よう》く認識したらしい。

やがてゆっくり眉間《みけん》に皺《しわ》が寄り、口から息が漏れた。

「……で？」

冷たい声色で、端的に続きを促される。

本当なら少し怯《おび》えるところかもしれない。

しかし、それ以上に言いたいことがある。

「ひなの噂《うわさ》とか、明日香《あすか》の噂とか。全部自分で確かめたのかよ？　お前があの二人の何を知ってんだよ」

言いながら、言葉が自分の胸に返ってくる。

俺だって、彼女たちのことを知らない。

積み上げた時間は僅か。知り得た情報は僅少《きんしょう》に過ぎない。

……だけど。

ほんの僅かな時間でも、俺は確かにあいつらと過ごしてきた。

実際にこの目で確かめたのだ。

目の前にいる人間は自分の目で確かめようともせず、転がっている情報に踊らされ、誰かの発信した情報を根拠に行動する。それも、悪意のある行動に。

許せなかった。少しは自分で考えろ。

自分で考えられるだけの経験があるのに、なんでそうしない。


俺には、何にもないのに。


「……アンタこそ、つけ上がってんじゃないわよ」

それは溜《た》まっていたものが湧き出るような、煮えたぎるような声だった。

「え？」

夢咲から漏れ出た言葉に、俺は追撃を緩める。

反論されるとは予想していた。

だけど、彼女の口から〝つけ上がるな〟という単語が出てくるとは思わなかったのだ。

一体俺が、いつ――

夢咲は激しく舌打ちして、厭悪《えんお》する表情を浮かべる。

瞬間、俺は目を見開いた。

「二人きりになっても、それ続けるのね。どういうつもりなの？　忘れたとは言わせないわよ——」

以前の俺が、夢咲《ゆめさき》を知っていたとしたら。

忘れちゃいけない存在だったとしたら。

「——アンタ、私を振ったくせに」

夢咲は震える声で言葉を紡いだ。

頭が真っ白になる。

想定していなかった事態に、脳がついていかない。

硬直している俺を見て、怒りに拍車がかかったのか。夢咲は歯を食いしばった。

「二人きりの時の話だから、殆《ほとん》どの人間はそれを知らない。元々面識あったかさえ、知ってる人は少ないし……私に告られたことを隠すために忘れたフリをしてたなら、まだ許せる」

だから教室で微妙な反応だったのか。だから初対面の体《てい》を続けていたのか。

「でも今度はひなになんか引っ掛かって……ふざけんじゃないわよッ」

夢咲の激昂《げきこう》に、俺はたじろいだ。

この怒りは本物だ。

つまり、夢咲がひなを目の敵《かたき》にするのは俺が理由。

俺のせいか？

「そんなこと――」

……でも。

――俺に、言われても。

脳に浮かんだ続きの言葉は出なかった。

俺に記憶がないだけで、きっと夢咲の言葉は事実だ。

俺が夢咲を傷付けたことは、きっと間違いない。

記憶喪失であることを言わなければ。とりあえず場を収めるためには、それだ。

診断書なんてものは手元にないが、まずは口頭だけでも――

……だけど、それは俺に対する怒りを抑えるためのものにしかならない。

ひなを助けるためには役に立たないなら、まだその選択は避けるべきだ。

「じゃあ、ひなに辛《つら》くあたるのは――俺のせいか」

「あくまできっかけよ、それは。ひなに対しても別に、ムカつくだけで蹴落とそうとはしてない。アンタにもちゃんとムカついてるけど、それもあくまできっかけ。私が行動するために、背中を押した出来事ってだけ。……一番になるための行動をね」

「一番になるための行動？」

夢咲は顔を歪《ゆが》めるように笑った。

「目の前でひなを苦しめたら、あんたが助けようとすることは分かってた。ひなを助ける目的になったアンタなら、私の依頼は聞かなくちゃいけない」

つまり——教科書の散らばった光景は、隠れていた俺にあえて見せつけたのか。

「仰《おつしや》る通り、私はアンタや湊《みなと》さんみたいな人には手を出せないわ。敵を増やすばかりだし、学校では上手《うま》くやっていきたいもの。皆《み》んなから認められるには、何より世間体《せけんてい》が大事だし。だから裏で、あんたの協力が必要なのよ。分かる？」

夢咲《ゆめさき》はひなへの恨みで動いているのかと思っていた。

しかし実際は〝自身が学校中で認められる存在になる〟という幼稚で原始的な動機。

俺が夢咲を忘れたことが引き金となり、結果的にひなを苦しめることに至ったのだ。

ひなは俺を頼らない。迷惑が掛かるからと、巻き込まないようにする。

ひなへの憎しみを一度俺に集約させ、その上で事態を収束させるのが必須事項。

難しい事柄だと思っていたが。

——俺が元凶《げんきよう》で、夢咲自身の動機がこれほど明瞭になったら話が早い。

行動は決した。

「依頼ってなんだよ」

夢咲は小さく笑う。赤い髪を靡《なび》かせて、強気に向き直った。

「もう一度言うわ。アンタ、私と付き合いなさいよ」

……今の俺にも、分かることがある。

言葉に感情が乗っているか、乗っていないかだ。

「……念のために訊《き》くぞ。お前、俺のこと好きだから告白してるのか？」

「いいえ？　アンタには利用価値がある。だから付き合ってほしいのよ」

「なら、必ずしも付き合う必要性はないだろ」

「そうかしら。アンタの彼女ってだけで、有栖川《ありすがわ》さんにとって私の箔《はく》は大いに付くと思うけど」

「有栖川の中で、俺の存在ってそんなに大きくないぞ」

そう言うと、夢咲は笑みを溢《こぼ》した。

「嘘《うそ》つけ。湊さんがスカウトされてるのは、アンタと湊さんが幼馴染《おさななじみ》だからでしょうが。有栖川さんも認めてたわよ？　そうかもって」

絶対適当に答えた。有栖川、絶対に適当だ。

だけど家庭科の時間でも有栖川本人の口から事務所への口利きという事を明言してしまっている時点で、俺が何を言おうと無駄だろう。

「有栖川さんがアンタに恋愛感情があっても、約束は守ってくれるんでしょ？　フラれてもアンタのために動く情が残る関係性なら、それが一番都合がいい。だからね……」

夢咲はパンッと両手を打ち鳴らす。

「アンタが私を、有栖川さんに勝たせてくれるなら。そしてモデルにするために動いてくれるなら。この二つの約束を果たしてくれたら、私はひなに手を出さないわ」

「元々ひなを虐《しいた》げたのも、全部そんな幼稚な理由のためか」

「私が私であるための行動なら、幼稚な理由だってなんだっていい。自分勝手でも、誰かを蹴落としてでも叶《かな》えたいものがあるんだもの」

俺は目を見開いた。……夢咲《ゆめさき》の口から聞きたくない言葉だった。

俺の反応をどう捉えたのか、夢咲は口角を上げて言葉を続ける。

「アンタなら私の周りも納得してくれるし。アンタの得は――そうね。〝何でも券〟はその時に活《い》かしたら？」

「……あれはもうこの時間に使ったぞ」

「じゃあもう一枚あげるわ。私、この学校くらいで一番になれないならもう終わりなの。それくらいしてやるわよ」

夢咲は歪《ゆが》んだ笑みを浮かべながら、言葉を紡ぐ。

「私も、アンタに対価をあげる。どう？」

……もう、充分だ。

ひとまず、約束とやらの二つは果たしてやろう。

俺はコクリと頷《うなず》くと、夢咲は頬《ほお》を緩めた。

教室で見たよりも何倍も本心から湧き出ていそうな笑みだった。

「そうこなくちゃ。じゃあまず最初に、何をしてほしいかというとね——」

夢咲は俺に接近し、静かに言った。

「——アンタの価値を直《じか》に確かめたいから、有栖川《ありすがわ》さんの前で私に告白してほしいの。皆《み》んなにとっても、そっちの方がインパクトあるでしょ？」

「俺の価値、か。……分かった。今日の放課後、空いてる教室で」

「いいわね。楽しみにしてるから」

夢咲は口角を上げた。

頭の中がズキンと痛む。

俺の価値——

十話　今の俺にできること

記憶を失う前の俺は、きっと色んなことから逃げていた。
明日香《あすか》は言った。
――私から言わせれば、あの頃のあんたは人間関係から逃げてただけだったけど。
人間関係の煩わしさから逃げた結果、独りになった。
有栖川《ありすがわ》は言った。
――断るのが面倒だったんじゃないかな。
嫌な決断をすることから逃げた結果、アプローチを断らずに恋人を作った。
ひなは言った。
――夢咲《ゆめさき》先輩との関係性なんて、今に始まったことじゃないですから。
以前の俺はイザコザを恐れて、彼女を見捨てた。
最低な人間で、記憶を失うことに関して同情の余地はない。
そんな俺の記憶を取り戻すには、また逃げることが治療になるらしい。

だけど、それだと同じじゃないか。
逃げ続けた結果、目の前で苦しむひなを再度《さいど》見捨てて、この先々を生きていく。
むしろ、前の俺よりも酷《ひど》くなってはいないか。
逃げること自体は、昨今推奨されている。
体力的に辛《つら》いから逃げる。精神的に辛いから逃げる。
これらが全て赦《ゆる》されるなら、確かに現実は生きやすい。
だったら全てに甘んじていいのか。
生きやすい方向へ赴くばかりが、これからの俺の道なんだろうか。
確かに、今の現実には辛いものがある。
でもそれは俺だけじゃない。
ひなにも。きっと明日香や、もしかしたら有栖川にだって辛いものはあるはずだ。
皆《み》んな無意識のうちに、小さな逃げの連続で、人生を積み重ねている。
それでいい。逃げた先にも、きっと良《い》い道は沢山存在する。
だけど──絶対に逃げちゃいけない時だってあるはずだ。
自分がどんな自分になりたいか。
その選択をする時だけは、逃げちゃいけない。
人の危機を見逃すなんて褒められない──そんな綺麗《きれい》な思考回路は二の次だ。

積み重ねてきた人間には、きっと綺麗事《きれいごと》を取っ払うことで何かを見出《みいだ》せることもある。

俺を優先して、ひなの現状を一度見過ごそうとした明日香《あすか》のように。

だけど俺は、真っ白だ。

真っ白な紙に祈るように文字を綴《つづ》り、絵を描き、自分を構成していく段階だ。

今なら、なりたい自分に成れる。

この壁を乗り越えた先に、新しい自分が待っている。

どんな自分になりたいかを選択できる。

だから、逃げない。逃げられない。

これからの行動は、ひなのためでもあるけれど。

きっとそれ以上に自分のためだ。

俺の望む未来に繋《つな》げるために、俺は。

◇◆◇◆

「好きだ。付き合ってくれ」

放課後の教室で、言葉を紡ぐ。

無機質な文字に乗った、無機質な感情。

それでも橙色《だいだいいろ》に染め上がった教室には情緒的な雰囲気が漂っていて、偽の告白にも最低限のロマンチックさを醸し出す。

夢咲《ゆめさき》は俺の告白に、口角を上げて頷《うなず》いた。

「いいわよ。私も好きだし」

その返事を聞いて、茶髪ロングの取り巻きが黄色い声を上げる。

黒髪短髪の取り巻きも拍手する。

そして告白を見届けに来た、夢咲と仲の良さげな男子生徒二人が口笛を吹く。

有栖川《ありすがわ》は、それらを無表情で見守っていた。

「これで私たちはカップルね？」

「……そうだな」

俺が応じると、夢咲は満足気に笑みを溢《こぼ》す。

「有栖川さんにもおめでとうって言ってもらいたいなぁ」

有栖川は目を瞬《まばた》かせる。そして、おもむろに口元を緩めた。

「うん。……おめでとう、夢咲さん。勇紀《ゆうき》君をオトすなんて凄《すご》いよ」

「……有栖川さんに褒められるのは、また格別ね」

夢咲はゾクリとするような声色で言い、自身の指を舐《な》める。

現在の夢咲の在り方は、きっとその生い立ちに起因するものだ。

社長令嬢という特異な環境が、特異な性格を生み出した。

ここまで世間体《せけんてい》に執着して、行動に移す人間が一体どれほどいるのだろう。

ある意味尊敬してしまうが、それ以上に想《おも》うところがある。

取り巻きの茶髪ロングが、甲高い声を空き教室に放った。

「今だから言えるけど、ゆめ一回フラれちゃったモンね～。真田《さなだ》は絶対後悔してると思った」

すると、取り巻きの男子二人がそれぞれ反応する。

「うそぉ、夢咲《ゆめさき》がフラれるのか」

「そりゃー絶対後悔モンだわ。真田～告白成功してよかったな！」

男子たちが悪意のない笑顔で陽気に話しかけてくる。

放課後の教室がカップル成立のイベントという高揚感に包まれていく。

「でも、どういうことかな」

カーテンが靡《なび》いた。

夢咲は目を瞬《まばた》かせて、視線を移動させる。

その先に佇《たたず》んでいるのは有栖川《ありすがわ》。

取り巻きたちも有栖川の言葉には特別なモノを感じているらしく、盛り上がり始めていた雑談がピタリと止まる。

「どういうことって、なに？」

夢咲は口角を上げて訊《き》いた。

「私、勇紀《ゆうき》君と付き合ってるんだけど」

「…………は？」

夢咲は耳を疑うというように聞き返す。

有栖川は内容の重さとは裏腹に、あくまで軽い調子で言葉を並べていく。

「私、勇紀君に此処《ここ》へ呼ばれたんだけどさ。これって、遠回しに私フラれちゃったってことでいいの？」

有栖川の一言に、取り巻きたちが騒《ざわ》めき始める。

夢咲は視線を右へ左へウロウロさせた後、俺の胸ぐらを掴《つか》んで引き寄せた。

「アンタッ有栖川さんと付き合って——!?」

「おう。でも今日からは夢咲と付き合うからな」

「——そこまでしろとは言ってないわよ……！」

俺の軽い調子に、夢咲は明らかに苛立《いらだ》ちを覚えている。

だけど怒られる謂《いわ》れはない。

「でも、お前有栖川に勝ったんだぞ？」

夢咲が押し黙る。一つ目の約束。有栖川への勝ちの提供を、歪《いびつ》ながらも完遂《かんすい》する。

「あれだけ勝ちたがってたんだ。手段は選ばないってお前自身が言ったんだぞ」

「……アンタ、こんな勝ち方で私が満足するとでも？　さっきの話なんて全部オジャンよ？」

「そうか？　まだ俺に利用価値はあるぞ。有栖川《ありすがわ》との関係値が消え去る訳じゃないからな」

「いや、有栖川さんだって――」

「まあ見てろよ。次はお前をモデルにするために動く、だったよな。そのためには利用価値を示してやる。とりあえず証明するよ、俺の最大値」

俺は戸惑う夢咲《ゆめさき》から視線を外し、有栖川に向き直る。

有栖川は何食わぬ顔でこちらを見つめ返してくる。

「有栖川、廊下に誰か立ってないか？」

訊《き》くと、有栖川は小さく息を吐いた。

そして、扉をガラリと開ける。そこに立っていたのは。

「……湊《みなと》さん」

夢咲が驚いたように呟《つぶや》いた。

「どーも。幼馴染《おさななじみ》が告るっていうんで見学しに来たけど……どうなった？」

学年の三大派閥筆頭が一角。

明日香《あすか》の登場に、空き教室の雰囲気が変わる。

主に男子は、明日香に目移りしているのが丸わかりだ。

「ね、コレどういう状況？」

続けて明日香が訊くと、男子はアタフタして答えた。

「え？　いや、えっと。真田《さなだ》が夢咲に告って、でも真田は有栖川と付き合ってて。有栖川がフラれたみたいになって、つまり修羅場的な」

「へー、そう。私の幼馴染《おさななじみ》、とんだ人間ね」

明日香は俺に近付いてきて、一言告げる。

「――私とも付き合ってるわよね？　あんたさ」

「……そうだな」

答えたところで、再度《さいど》教室が静まり返る。

取り巻きも、夢咲も一言も発さない。

有栖川が佇《たたず》む方向から「ぷっ」と吹き出す声が聞こえた気がした。

「「えええええ!?」」

茶髪ロングと黒髪短髪が同時に金切り声を上げた。

夢咲は呆然《ぼうぜん》とした表情で俺を見上げている。

嫌悪感というより、ただただ驚いている表情だ。

優良株だと思っていた人間がとんだ紙屑《かみくず》だったのだ、当然である。

そして。


「わ——私もっ」


半開きになった扉から、恐る恐る入ってくる人影が一つ。

夢咲《ゆめさき》は目をギュッと細めた。

「アンタ、ひな……！」

「私も、先輩と付き合ってたはずなんですが……！」

「ハァ!?」

夢咲は今度こそ明確な嫌悪感を持って、俺に向き直った。

「ちょ！　どういう！　ことなのよっ！」

「分かってる、分かってる！」

「なにが分かってんのよ!?」

夢咲が必死の形相で俺に怒る。

こんな人間を〝ずっと好きだった〟のだ、既に恥を晒《さら》しているのは事実。

ここまでが、俺が彼女三人に依頼した内容だ。

これで夢咲は最低の彼氏を好いてしまったという噂話《うわさばなし》が、面白おかしく広まる。

他の人にとっては大した復讐《ふくしゅう》にもならないが、周囲から完璧な存在だと思われたい夢咲にとっては別だ。

ひなを虐《しいた》げたことへの、ほんのささやかな仕返し。

だけどもちろん、これだけじゃない。

ここからは、彼女たちにも知らせていない。

「全員と別れろってことだよな。任せろって」

夢咲が癇癪《かんしやく》寸前の顔になる。

しかし明日香《あすか》とひなの方角から「は⁉」「えっ」という反応があり、そちらに気を取られたようだ。

「あんたちょっと、本気？」

「寄らないでくれ」

明日香はピクッと反応して、触ろうと伸ばした手を止めた。

「あんた……もしかして、戻っ――」

「どうかな。とりあえず、ひなもそこにいてくれ」

「せ、先輩。こうなったのって、私の――」

ゆっくり近付いてくるひなに、俺は目線で制止する。

夢咲《ゆめさき》の中で新しい感情が生まれたはずだ。

自身があの二人をも蹴落として、彼氏を掴《つか》み取《と》るという優越感。

しかし世間体《せけんてい》を維持するためにはそんな感情に捉われてはいけない。

……これは以前の俺への罰でもある。

明日香《あすか》という彼女がいながら、有栖川《ありすがわ》とも付き合った。

二人がいながら、ひなとも付き合った。

その行為は今の俺に記憶がないとはいえ、許されるものではない。

――だから。

記憶喪失前の自分に、とっておきの罰をくれてやろう。

身体的な罰ではない。

記憶が戻った後に、もう一度記憶を消したくなるような、そんな状態にしてやろう。

俺は、以前の俺が積み上げたものを全て白紙にして孤立する。前の俺が一人でも堂々とできていたのは、きっと凄《すご》い女子たちと付き合っていたからだ。だったらその関係を取り除く。

これが俺なりの清算で、生まれ変わるための手続きだ。

そしてあわよくば――皆《み》んなと新しい関係値を積み上げたい。

……これはあくまで願望。だからまずは、目の前のことを。

俺は夢咲に向けて作為的な笑みを向ける。

「ほら、俺はスペードの三だよ。ジョーカーは刺さるけど他には滅法弱い。でも、そのカードも使い方次第だろ？」

夢咲に向けて手を差し出す。

「上手《うま》く活《い》かせよ、次期社長」

「アンタ――」

「面倒は見てくれるよな、ここまで曝《さら》け出したんだから。有栖川だって協力してくれるぞ。お前がモデルになるまでは」

「嘘《うそ》つけ、こんなことになってまで協力してくれるほど……」

「……協力するよ。家庭科の時間に言ったの覚えてない？　もう私、そういう約束しちゃってるもの。約束は最後まで守るよ」

有栖川の答えに夢咲は歯を食いしばった。

「な？　このまま俺と付き合ったら、モデルになれるんだぞ」

価値の下がり切った男子からの手だ。

夢咲は顔を顰《しか》めて、その手を掴むか迷っている。

モデルになるという自身の目標と、世間体を天秤《てんびん》に掛けているのが伝わってきた。

今まで夢咲《ゆめさき》は、全く俺に手を出さなかった。

それは世間体《せけんてい》にも重きを置いているということに他ならない。

夢咲がモデルを目指す上で、誰かに認めてもらうためという動機が大きい。

その夢咲自身が、皆の前でモデルスカウトへの道を蹴る。

そうすればモデルへの道を自ら閉ざした夢咲にとって、ひなを恨む理由は表面的に無くなる。表面的ではあるが、その表面を大事にする夢咲はもう手を出せないだろう。

世間的に手を出しても赦《ゆる》される対象が目の前に出現したのに、ひなから標的を変えないのは些《いささ》か不自然だから。

だけどこれにはリスクがある。

それは俺を嫌う対象が、夢咲のほかにも沢山できてしまうということで——

「お前、クズだな」

取り巻きの男子が近寄ってきた。

ピアスをつけていて、ネクタイは乱雑に結んでいる男子。

見た目が怖い。

というか、予想していたより行動が早いんですけど。

殴られるのは構わないけれど、先に夢咲の口から答えを聞きたいというのに。

「歯食いしばれよ?」

うん、無理。
夢咲のタチが悪いところは、こうした人に本心から慕われていそうなところで——
「オラァ！」
男子が拳を振りかぶって、俺はギュッと目を閉じた。
風を切る音。
鼻先を掠《かす》める懐かしい香り。
目を開けると、男子が机に吹っ飛ぶ瞬間だった。
「ゴバァ⁉」という悲鳴と、ドンガラガッシャンという騒音。
ライトゴールドの長髪が鼻先を掠める。
明日香《あすか》が回し蹴りで自身よりも体格のゴツい男子を吹っ飛ばしたのだ。
「あ、あ、明日香さん⁉」
「やば、つい」
明日香はハッとしたように手を口に当てる。
教室の隅で、有栖川《ありすがわ》は両手を合わせ、「わぁ……」と目をキラキラさせている。
……有栖川は明日香に対して〝私にはない強みがある〟と言っていたが——
なるほどコレか。というか強みってそのまま腕《うで》っ節《ぷし》のことかよ！
明日香は煌《きら》めく髪を靡《なび》かせて、小さく息を吐いた。

「まあ、うん。コイツに手ェ出したら殺すから」

胸を張る明日香《あすか》に、取り巻きたちは口々に言葉を交わす。

「元ヤンの噂《うわさ》本当だったのかよ……！」

「ひい！」

「元ヤンじゃないわ！　元不良よ！」

明日香の反論に怯《おび》える男子たちを見ながら、俺は溜息《ためいき》を吐《つ》いた。

「全然取り返せてないぞソレ……」

「うっさいわね！」

明日香は眉を顰《ひそ》めて、ギッと睨《にら》み付《つ》けてくる。

鋭い眼光は、なるほど確かにヤンキーのそれだ。

「第一ね！　あんたっ他に考えがあるなら言いなさいよ、一瞬焦っ——」

「うおおおおおバカちょっと待て！」

俺は慌てて明日香の口を押さえる。

すると明日香は、借りてきた猫のように黙ってしまった。

先程までの威勢も何処《どこ》へやら、表情がみるみるうちに緩んでいく。

……最初からこうしておけばよかった。

視線を横に移すと、夢咲《ゆめさき》が取り巻きのところへ戻るところだった。

「夢咲《ゆめさき》、約束は守られるんだろうな？　ひなについてだ」

「……分かってるわよ。アンタは確かに約束を果たしたものね。納得はしてないけど、まあこの場だけは従ってあげる」

皆《み》んなの前で訊《き》くことに意味があった。有栖川《ありすがわ》や明日香《あすか》を前にする現状では、夢咲は下手《へ》な芝居も打てない。ひなから手を引くことを皆んなの前で宣言させれば、世間体《せけんてい》を最重要視する夢咲は手を出せなくなる。

夢咲は財布から一万円札を取り出し、ひなに差し出した。

「ひな。フィギュアの件はごめんね？　あれに関しては、ほんとに偶然だったの」

「わ、分かってます……でも、私についての噂《うわさ》は」

「あれは私が流したんじゃない。だからまぁ……言ってる人がいたら否定しとくわ」

夢咲は取り巻きたちに目配《めくば》せして、「アンタらも分かった？」と訊く。

すると取り巻きたちは口々にひなへ謝罪をし始めた。

良くも悪くも——悪い方が多いが、夢咲の意見が全て通るグループのようだ。

表面上の和解。

これでもう、夢咲はひなに手を出せない。

「でも、お金は受け取れません。あくまで和解、ですし」

「……そ」

夢咲はこともなげに一万円札を財布に仕舞って、教室のドアへ手を掛ける。

その背中に、俺は最後の問いを投げた。

「夢咲、どうするんだ？　有栖川経由のモデルは、一旦諦めるのか？」

「……そうね。アンタみたいなクズと付き合うくらいなら、諦めるわ」

心底軽蔑したような目で見られて、俺は苦笑いする。

本当なら、此処《ここ》でトドメを刺せる。

——俺は昼休みのやり取りを全て録音していた。

録音データを晒《さら》せば、夢咲に居場所は無くなるだろう。

だけど俺は、そうしない。

夢咲の間違った行動を除けば、自身の欲望へ忠実な在り方自体に嫌悪感はなかったから。

ひなへの手出しが無くなり、少しの仕返しが終わっただけで、一旦の終わりを迎えていい。

それはひなをこの教室に誘う際に確認を取った。

夢咲の行動は、人に危害を与えたのが徹底的に間違いだった。しかしその根本にある欲求は俺にもあるものだったのだ。

俺も、今の俺を認めてもらいたいから。

きっと俺は夢咲たちのグループからの発信で、学校での居場所は無くなってしまうに違いない。

でも、それで良《い》い。

前の記憶がなく、恐らく人格さえ異なりつつある真田勇紀《さなだゆうき》。

俺は、前の俺が積み上げたものを享受しない。

俺は、今の俺が積み上げたものだけで生きていく。

そんな身勝手な結論は、形は違えど夢咲《ゆめさき》と似通っている。

前の俺を想《おも》う人たちを、ある種裏切るような決断ともいえる。

だから俺は、夢咲をそのまま見送ったのだ。

自身の未来を占う意味も込めて。

「…………」

夢咲たちのグループが教室から出て行くと、四人いるとは思えないくらい静かになった。

数十秒経《た》ち、第一声を発したのは——ひなだった。

「先輩……その、これって先輩の立場がマズくなるんじゃ……？」

「おう。そのためにもやったからな。ひなはなんだ、その……色々のついでだ」

ひなは目を見開いて、俯《うつむ》いた。

……こればかりは仕方ない。

はっきり言っておかないと、ひなは今後俺が孤立していく姿を見て気に病んでしまう。

本心の一部であることに違いはないし。

その胸中を知ってか知らずか、有栖川《ありすがわ》は面白そうな声を出した。

「そのためってことは……この先本当の意味で独りになりたいってこと？」

「そうだな。今までも一人でいることは多かったみたいだけど、三人がいてくれたみたいだし」

「ふぅん。そっか、ほんとに君……」

有栖川は、この場で唯一全てを察している。

──生まれ変わるつもりなんだね。

そんな言葉を、有栖川は飲み込んでくれた。

代わりに、柔らかい笑みを溢《こぼ》す。

「ふふ、勇紀君ってほんとに面白いなぁ」

「……この状況を面白がるかよ。最初から思ってたけど、有栖川ってほんとに独特だよな」

「やったぁ褒められた」

「褒めてはねーよ」

自慢げに明日香《あすか》へ視線を流す有栖川に、俺は思わずツッコんだ。

「……まあ、なんだ。そういうことで、一回この関係──恋人関係は清算させてくれないか」

「……そうねぇ。皆《み》んなはどう思う？」

有栖川《ありすがわ》は明日香《あすか》をじっと見つめる。

「……私の答えは決まってる」

明日香は俺にズンズン近付き、ネクタイをギュッと握って引き寄せた。

目と鼻の先に、明日香がいる。

「……こんなんで離れる訳ないでしょ。なめんな！」

「え!? いや、待て。もう皆んなから見れば別れたことにはなってるんだから、俺と一緒にいるとお前の立場も危ういんだぞ？」

「その時は一緒に地獄にでも落ちてやるわ。私、あんたの彼女やめるつもりないから。今のあんたが別れるって言っても、記憶戻ったらそうじゃないかもしれないし？」

「喧嘩《けんか》して口利いてなかったんじゃ……」

「うっさい！」

明日香が言葉を続けようとした時、ひなが後ろでぴょんぴょん跳ねた。

「あの、その、私も私も！ 元々がヤバい環境でしたし、後はもう上がるだけなので！ それも先輩がいてくれたらの話なので、推し活続けさせてください！」

「いや、推し活は付き合ってなくてもできるだろっ」

「アリーナ最前列から二階席に移動させられるのは辛《つら》いです！」

陽気そのものの表情に胸を撫《な》で下《お》ろす気持ちもありつつ、再び混沌《こんとん》とし始めた状況に頭を抱える気持ちも湧いてきた。

そんな俺を察してか、有栖川は唄《うた》うように言葉を紡ぎ出す。

「君さぁ、やり方間違えたよ。こんな展開にしなくても、絶対もっと良《い》い方法あったのに」

「だって……他にはお前らへの迷惑がもっと掛かる方法しか思い浮かばなかったんだよ」

「……まぁ、そうね。頼れって言いながら、あんたにとって頼りづらい人になってた自覚はある」

明日香はひなの一件を見逃せと提言したことを後悔しているのか、そっと目を伏せた。

俺とひなを天秤《てんびん》に掛けた上での選択だったのだから、俺は明日香を責められない。

「……今日助けてくれたんだから、気に病む必要はないんじゃないか」

二人にしか分からない程度に言葉を濁し、意志を伝える。

きっと明日香は、記憶を取り戻してほしいと考えている。

一緒にいてくれると言ったのは、少しでも記憶が戻る確率を上げるためか。

俺も、本当なら皆んなと一緒にいたい。

それをしたら前の俺を清算できないから――

「勇紀《ゆうき》君。協力してあげたんだから、私との約束も守ってよ」

有栖川がニコリと笑う。

「え？　約束なんていつした？」

「病室でだよ。〝代わりに君を守ったら、この関係延長してね〟って」

脳内に検索をかけると——朧《おぼろ》げな記憶が次第に明瞭になっていく。

「……た、確かに言ってた。でも断ったらどうなるかは言ってたっけ？」

「ちぎる」

「あれ、今俺普通に脅迫された？」

俺は思わずたじろいだ。

そんな様子に、有栖川《ありすがわ》はまたクスクス笑う。

……優しいな。

俺は清算したい気持ちもありながら、皆《み》んなのことをもっと知りたい気持ちもある。

きっと有栖川は両方の想《おも》いを見抜いて、半ば無理やり引き戻そうとしているのだろう。

俺が首を縦に振りやすいように。

「……分かったよ」

そう答えると、明日香《あすか》は嬉《うれ》しそうに頷《うなず》いた。

「……紗季《さき》。よく分かんないけど、今回は褒めることしかできないわ。それに、ありがとう」

明日香は有栖川にそう言うと、有栖川は目をキラリとさせた。

「わぁ、明日香さんに褒められるなんて嬉しい～！」

「ちょ、寄るな触るな！」

明日香は胸元に抱きつく有栖川を剥《は》がそうと躍起になる。

「でも、ほんとに知らないからな。この先どうなっても」

「このメンツが揃《そろ》ってて、心配なんてないでしょ」

有栖川を剥がし終えた明日香は、俺にそう返して笑みを浮かべる。

「そうですよ。私は全然力になれませんけど、このお二方が味方にいるなら安心ですっ」

陽気に同意するひなに、明日香は申し訳なさそうに苦笑いする。

もしかしたら、いつ直接謝るか逡巡《しゅんじゅん》しているのかもしれない。

「……行ってこいよ」

俺が声を掛けると、明日香は驚いたように目を見開く。

胸中の想いを看破されたことで、明日香は覚悟を決めたようだ。

無言で頷くと、明日香はひなの手を取って、この教室から出て行った。

さすがに二人きりで謝りたいのだろう。

一時的に、俺は有栖川と二人きりになる。この状況に、先程有栖川から受けた言葉を想起した。

……他にもっと良《い》い方法があった、か。

冷静になってみたら、確かに俺の作戦には不確定要素が多すぎたな。

「他にもっと良《い》い方法あったって、お前は最初からそう思ってたのか？」

「うん。他にも沢山やりようあったしね」

「意地悪だな……なんで教えてくれなかったんだよ」

有栖川《ありすがわ》は視線を寄越《よこ》して、小さく笑った。

「君、本当は一人で乗り越えたいって言ってたじゃん？　初めての壁をさ。だから、なるべく協力したくなかったの」

そしてこちらに向き直り、言葉を続けた。

「今日からは考えなしにつっこんじゃダメだよ。君が見る景色《けしき》は、もう全部君のものなんだから」

「そうか。……そうだな。ありがとう」

……初めてかもしれない。

俺が有栖川に心からのお礼を告げたのは。

「これからよろしくね。真田勇紀《さなだゆうき》くん」

有栖川は和やかに笑う。

――ガラリ。

頭の中で、扉の開く音が鳴った。

エピローグ

「……ふざけんなっつーの」

夢咲陽子《ゆめさきようこ》は怒《いか》っていた。

皆《み》んなの前で、自分の意志に反した行動を取らされたのが何より不快だった。

建前上、応えざるを得なかった。

しかし夢咲陽子には、裏で暗躍できるくらいの卑劣さが備わっている。

つまり、真田勇紀の見立ては甘かったということだ。

「物騒だなぁ」

夢咲陽子の後ろで、落ち着いた声が発せられた。

勢いよく夢咲が振り返ると、そこには有栖川紗季《さき》が佇《たたず》んでいる。

「……有栖川さん」

三大派閥筆頭が一角でありながら、唯一どのグループにも属さない彼女は、唄《うた》うように言葉を紡ぐ。

「今の勇紀《ゆうき》くんは、私を一番に愛してる。だって、私が一番彼を認めてるから」

「はぁ？　何の話……？」

「今なら一番になれそうなんだぁ。この状況が続けばさ」

有栖川紗季《ありすがわさき》は夢咲陽子《ゆめさきようこ》に近付きながら、頬《ほお》を緩める。

長いリボンが窓から入る風に煽《あお》られ、バタバタと靡《なび》く。

「──だから急に全部が好転するのも、これ以上辛《つら》い状況になるのも、あんまり好ましくないんだよね。前者なら勇紀くんのことを想《おも》って……泣く泣く見逃すけどね？」

あくまで胸中の見えない文言《もんごん》だった。

夢咲陽子は、言葉の裏に何かが覆い隠されているのを感じて顔を顰《しか》める。

「でも夢咲さんは、後者に導く人だよね」

「……何の話をしてるのかサッパリ分からないけど。……でもそうね、私なら陥《おとしい》れられるかな。こういうので親の力に頼るのはかなり嫌なんだけど」

「うん。だからあなた、邪魔かな」

カシャッ。

有栖川紗季のスマホの画面に、驚いた様子の夢咲陽子が表示される。

有栖川はそれを夢咲に向けてフリフリと見せて、口を開いた。

「これ、人質ね」

「はぁ？　なにを――」

言い切る前に、有栖川紗季はスマホから音声を流す。

スマホは無機質に、夢咲陽子の声を再生した。

『アンタが私を、有栖川さんに勝たせてくれるなら。そしてモデルにするために動いてくれるなら。この二つの約束を果たしてくれたら、私はひなに手を出さないわ』

夢咲陽子は目を見開く。

「録音なんか、なんでアンタが――」

「私が拡散したらどうなるかな」

有栖川紗季の知名度を思い出したのか、夢咲陽子は歯を食いしばる。

「夢咲さんの人生、私が握ったよ。社長令嬢じゃなかったら、こんなデータどうでも良かったのにね？」

有栖川紗季が唄《うた》うように告げる。

実際この録音データがどう転ぶかは予測不能だ。

しかし有栖川紗季がそのデータを持つというリスクは、夢咲陽子の思い描くどんな行動とも釣り合っていない。

――もう動けない。

夢咲陽子は観念したように笑った。

「……はいはい。これでほんとに手は出せないって訳ね」

「ふふ。諸刃《もろは》の剣《つるぎ》は気を付けて扱わなきゃ」

「……それは有栖川《ありすがわ》さんにも同じことを言えると思うけど」

「そうだねぇ」

有栖川紗季《さき》は背を向けて、扉に手を掛ける。

「訊《き》きたいことが一つあるの」

「なぁに？」

「アンタ、なんでいい、いきなり真田《さなだ》と仲良くなったのよ」

夢咲陽子《ゆめさきようこ》は派閥の筆頭。

世間体《せけんてい》を大事にする彼女は、ある意味 湊明日香《みなとあすか》よりも学年の人物相関図を把握していた。

その夢咲陽子が、有栖川紗季に向かって〝いきなり〟と告げる。

「……いきなりに見える？」

「少なくとも私は、高一の秋頃までアンタらが一緒にいる姿は見たことなかったわ」

夢咲陽子は自身の記憶と照らし合わせた上で、有栖川紗季に問いを投げる。

「……私を蹴落とす理由に、それが関係してるのかだけ教えてよ」

有栖川紗季は笑う。

自身が人生を握った対象からの問い。

有栖川紗季の中で、夢咲陽子は死んでいた。

それは即《すなわ》ち、彼女にとってはいないのと同じということだ。

だから有栖川紗季は、少しの迷いもなく告げてみせる。

「私は、勇紀《ゆうき》くんと一緒になりたい。その上で夢咲さんが邪魔だっただけだよ」

「……私を敵に回すほどの気持ちってことね」

社長令嬢を敵に回すリスクを考慮して、夢咲陽子は息を吐く。

有栖川紗季は視線を上げて、口元を緩めた。

「約束したからね」

「……なにを？」

「……勇紀くんを悪く言う人は、私が殺してあげるって」

有栖川紗季はそのままニコリと笑う。

太陽の煌《きら》めきが強まり、有栖川の表情を覆い隠す。

夢咲陽子は視認できなかったが——

それはあくまで純情そのものの笑みだった。

あとがき

本作からの方は初めまして。御宮《おみや》ゆうと申します。

既刊からの方は、またお会いできて嬉《うれ》しいです。

この度は本作を手に取っていただき、誠にありがとうございます。

本作は私の三作目、そして二度目の書き下ろし作品になっております。

今回初めてはＭＦ文庫Ｊから作品を出させていただくことになりますが、とても光栄に感じています。あの作品やあの作品、ＭＦ文庫Ｊには大好きな作品が沢山あり、本棚に並んだ光景を思うと恐れ多いですね……本作も皆様に気に入っていただけますように。

さて、そんな本作のご感想はいかがでしたでしょうか？

作家を志した際から書き上げるまで苦労した作品はあまりありませんでしたが、本作はかなり苦戦しました。

書き終わった瞬間にこれほど肩の荷が下りたことは初めてです。

ＭＦ文庫Ｊから作品を出せることになった！　絶対に面白いものにしたい！　と意気込んでいたのも要因の一つ。しかし大きな要因は別にあります。

「記憶喪失の主人公、どう描いていけばいいんだ……!?」

そんな思考に支配され、ようやくガッチリ掴《つか》めた頃には〆切がかなり迫っており……

色々とギリギリでした。

一巻は主人公中心の物語になりましたが、続刊叶《かな》えば三人のカノジョのエピソードをもっとガッツリ掘り下げたいですね。

二巻刊行のために、口コミなどにご協力いただけたら幸いです。

ここからは謝辞になります。

編集のS様、今回は書き下ろし作品という貴重な機会をくださり本当にありがとうございました。記憶喪失の主人公像についての打ち合わせがなかったらと思うと……これからもよろしくお願いします。

イラストのたん旦《たん》先生、キャラデザが本当に理想系で素晴らしかったです……！　原稿など何度も改稿したにもかかわらず、ヒロイン像にピッタリのデザインをくださり感動しました。最高です！

そして最後に読者の皆様。こうして皆様が手に取ってくださったお陰で、本作は書籍作品として成り立っています。これからも皆様の日常に少しの彩《いろど》りを与えられるような作品作りができるよう、精一杯頑張ります！

それではまた皆様にお会いできることを祈りつつ、あとがきを締めさせていただきます。

最後まで読んでいただきありがとうございました。

九回目のあとがきなのに、ちょっと緊張しました。

ファンレター、作品のご感想をお待ちしています

あて先

〒102-0071　東京都千代田区富士見2-13-12
株式会社KADOKAWA　MF文庫J編集部気付
「御宮ゆう先生」係　「たん旦先生」係

MF文庫J

記憶喪失の俺には、三人カノジョがいるらしい

2023 年 3 月 25 日　初版発行

著者　御宮ゆう

発行者　山下直久

発行　株式会社 KADOKAWA
〒 102-8177 東京都千代田区富士見 2-13-3
0570-002-301（ナビダイヤル）

印刷　株式会社広済堂ネクスト

製本　株式会社広済堂ネクスト

Printed in Japan　ISBN 978-4-04-682329-8 C0193

◇◇◇